Zum Autor:

Der Autor Claude LeRouge, Jahrgang 1948, wohnt in Greven. Er studierte Geschichte und Französisch in Münster und Dijon und arbeitete anschließend über 35 Jahre als Lehrer am Gymnasium Dionysianum in Rheine. Nach seiner Pensionierung begann er seinen ehemaligen Beruf zum Hobby zu machen. Er schrieb zunächst einen historischen Roman, der im Heiligen Land in der Zeit nach dem ersten Kreuzzug spielt.

Danach folgten drei Kriminalromane, die alle einen Bezug zu Greven haben, aber auch in anderen Gegenden spielen: in Südfrankreich, im südlichen Brandenburg und in Dresden.

Der vorliegende fünfte Roman spielt wiederum in Greven. Die Leserinnen und Leser, die die übrigen Romane gelesen haben, werden einige der Handelnden wiedererkennen.

Weiteres unter www.claude-lerouge.de

Vorwort

Die katholische Kirche gewährt einen Teilablass jedem Gläubigen, der das „Ad te, beate Joseph" betet. Darin heißt es u.a.: „Heiliger Josef, in unserer Not kommen wir zu dir und bitten voll Vertrauen um deinen Schutz. ... Du Beschützer der Heiligen Familie, wache über das Haus Gottes."

Ein Haus Gottes, die St. Josefkirche in Greven, soll abgerissen werden, zu groß, zu unwirtschaftlich, renovierungsbedürftig. Anstelle dieser Kirche soll dann eine viel kleinere Kirche entstehen, die den tatsächlichen Ansprüchen genügt.

Daraus entstand ein Streit, der hauptsächlich in Form von Leserbriefen in der örtlichen Presse ausgefochten wurde.

Alles, was in diesem Roman über diesen Streit erzählt wird, entstammt der Fantasie des Autors und hat nichts mit der Realität zu tun. Die handelnden Personen sind natürlich frei erfunden, sollte sich trotzdem jemand wiedererkennen, so ist das Zufall und nicht beabsichtigt.

St. Josef wird abgerissen werden – wahrscheinlich ab Februar 2019, das heißt, dass die Kirche bei Drucklegung dieses Romans noch stand. In Westfalen nennt man Leute, die in die Zukunft sehen können, Spökenkieker. Deshalb der Untertitel: Greiwske Spökenkiekerie.

Claude LeRouge

Der Fall St. Josef

Eine Greiwske Spökenkiekerie

© 2018 Claude LeRouge
Autor Claude LeRouge

Verlag: Tredition, Hamburg
ISBN (Paperback): 978-3-7482-0416-9
ISBN (Hardcover): 978-3-7482-0417-6
ISBN (e-Book):   978-3-7482-0418-3

Bibliografische Information der Deutschen Nationalbibliothek:
Die Deutsche Nationalbibliothek verzeichnet diese Publikation in
der Deutschen Nationalbibliografie; detaillierte bibliografische Da-
ten sind im Internet über http://dnb.d-nb.de abrufbar.

Die Not lehrt beten, sagt das Sprichwort, aber sie lehrt auch denken, und wer immer satt ist, der betet nicht viel und denkt nicht viel.

*Wanderungen durch die Mark Brandenburg. Theodor Fontane, deutscher Apotheker, Journalist, Theaterkritiker, Dichter, *30.12.1819, † 20.09.1898*

Folgt man Fontane, dann ist Greven satt. Die Kirchen sind groß, aber leer. 2017 wurde dann öffentlich, was jeder im Prinzip wusste: Die Kirchenstruktur in Greven ist völlig überdimensioniert. Überdimensioniert heißt, zu viel Raum für die wenigen Gottesdienstbesucher. Spätestens seit Anfang 2018 war dann klar: Es musste sich einiges ändern. Raum kostet Geld, auch die katholische Kirche ist ein Wirtschaftsunternehmen und muss wirtschaftlich denken. Deshalb – so die Überlegung – werden einige Kirchen geschlossen und abgerissen.

Im Westen der Stadt rumorte es, denn, so hieß es, dem Josefsviertel wird mit dem Abriss die Identität genommen – so die Kritiker. Worum geht es? Im Prinzip geht es um die Pläne, die St. Josefkirche abzureißen und an der Stelle eine kleine, neue Kirche – in der Größe einer Kapelle – zu bauen. Die Begründung scheint einzuleuchten: Die benachbarte Kita muss vergrößert werden, die Zahl der Kirchenbesucher ist gewaltig geschrumpft, man benötigt keine große Kirche mehr.

„Vorgeschobene Gründe!", riefen die Kritiker. „Man kann auch die Kita vergrößern, ohne die Kirche abzureißen. Dem Bischof wird das Haus seines Herrn zu teuer, er verfrachtet Jesus wieder dahin, wo er nach der Überlieferung geboren wurde: in einen Stall."

Das war allerdings starker Tobak. Leserbriefe von Kritikern und Befürwortern eines Neubaus wechselten sich täglich in der Zeitung ab. Als dann aber die Ergebnisse eines Architekturwettbewerbs in der Zeitung standen, sahen die Kritiker ihre schlimmsten Befürchtungen bestätigt: In jeder oberbayerischen Bergkapelle ist mehr Platz als im Grevener Kirchenneubau.

Damit waren die Fronten verhärtet, zumal der Abriss für den Herbst 2018 terminiert wurde. Was aber ist das Josefsviertel ohne die Josefkirche? Wenn das namensgebende Gebäude aus den Jahren 1952/53 mit dem markanten Turm nicht mehr existiert, dann ist dieses Viertel wieder „Greven links der Ems", wie vor der Stadtwerdung. Und das geht ja nun überhaupt nicht! Überall im Münsterland sind Ortsteile und Stadtviertel nach den katholischen Kirchen benannt. Und jetzt wieder ein Schritt zurück? In der Tat, das geht nicht!

Auch die im Stadtrat vertretenen, nicht gerade als kirchenfreundlich bekannten Parteien, erkannten diese Gefahr, oder soll man sagen: die Gunst der Stunde. Plötzlich tauchten neue Pläne auf. Man könne die Kita auch erweitern, ohne die Kirche abzureißen. Außerdem kam jetzt auch Widerstand von einer Seite, von der es die Kirche gar nicht erwartet hatte. Einige Landwirte äußerten ihre Bedenken. Ihr Einspruch: „Unsere Eltern und Großeltern haben damals Land zur Verfügung gestellt – für den Kirchenbau. Am Wochenende kamen sie damals mit Pferd und Wagen – Traktoren gab es noch nicht so viele – um Transportarbeiten durchzuführen. Und das wird nun einfach vernichtet? Ohne uns zu fragen?"

Auch das noch! Das Kirchenvolk nickte nicht mehr brav ab, was als gottgegeben verkündet wurde, es leistete Widerstand, schlimmer noch, es fing an mitzudenken. Das hatte es ja noch nie gegeben. Die Gläubigen glaubten nicht, sie dachten. Eigentlich müsste es doch für jeden einsichtig sein, dass für 30 - 40 Gottesdienstbesucher eine Kirche mit 400 Sitzplätzen zu groß ist und die geplanten 120 Sitzplätze völlig ausreichen würden.

♥

Die Kita der St. Josefgemeinde machte vor dem Beginn der großen Ferien einen Tagesausflug in die Wentruper Berge. Man hatte an alles gedacht und alles Nötige mitgenommen, vom Bollerwagen bis zum Dixi Klo. Die einzelnen Gruppen der Kita hatten sich in Sichtweite, aber an verschiedenen Stellen niedergelassen. Es wurde gespielt, gesungen, gegessen und alles das gemacht, was zu einem ungewöhnlichen Kita-Tag gehört.

Dann war Mittagspause. Plötzlich ein Schrei: „Kevin ist weg!" Frau Lehmkuhl, die wie immer alles im Griff hatte, beruhigte ihre Kollegin: „Erstens ist Kevin nicht allein, sondern hier bei uns. Und zweitens ist Kevin nicht zu Haus, sondern im Wald. Kevin allein zu Haus kann zur Gefahr werden, aber hier in der Kita ist er ein lieber, netter Junge." Frau Lehmkuhl erhob sich, blickte einmal in die Runde und sagte dann beruhigend: „Da vorne kommt Kevin." Plötzlich war aber Frau Lehmkuhl gar nicht mehr so ruhig, denn Kevin trug etwas in den Händen, was überhaupt nicht kitatauglich war: einen Totenschädel.

„Guck mal, Frau Lehmkuhl, was ich gefunden habe."

Und Frau Lehmkuhl guckte mit weit geöffneten Augen.

„Wo hast du das gefunden?" Sie wagte nicht, das Wort „Totenschädel" auszusprechen. Das tat dann Lisa, fünf Jahre alt, an ihrer Stelle: „Kommt mal alle her, der Kevin hat einen Totenschädel gefunden!"

Blitzschnell waren alle 26 Gruppenkinder um den Totenschädel versammelt.

„Wem der wohl gehört?" Ein nachdenkliches Schweigen. Dann mutmaßte Paul: „Vielleicht unserem Nachbarn. Der ist nämlich tot. Und mein Papa hat gesagt, der Heinz, also unser Nachbar, hätte eins über die Rübe bekommen. Mit ‚Rübe' meint Papa den Kopf."

„Also Paul, jetzt reicht es aber", griff Frau Lehmkuhl ein. Sie hatte sich wieder gefangen. „Kevin, zeig uns doch bitte einmal, wo du dieses Ding gefunden hast."

Zielsicher führte Kevin Frau Lehmkuhl, ihre Stellvertreterin und 25 weitere Kinder sowie zwei Praktikantinnen, die den Schluss bildeten, zu einem kleinen Hügel.

„Da ist ein Loch und ich konnte in den Hügel gucken", erklärte er.

Frau Lehmkuhl machte wieder große Augen. Aber Kevin hatte alles richtig erzählt. Am Fuße des Hügels hatten Tiere oder das Regenwasser ein Loch entstehen lassen, durch das man in den Hügel sehen konnte.

„Ich bin reingekrochen", erklärte Kevin, „da sind noch viele Knochen drin."

„Oh ja, lass uns alle mal reinkriechen, Frau Lehmkuhl, dann können wir uns auch die Knochen ansehen", schlug Lisa vor.

„Soweit kommt es noch", antwortete Frau Lehmkuhl, jetzt wieder ganz ruhig und gefasst. „Es handelt sich hier um eine uralte Grabanlage. Es ist sozusagen ein Friedhof. Und da kann man nicht einfach rumspielen und hineinkriechen. Wir informieren jetzt Leute, die sich mit solchen Funden auskennen, damit sie sich das hier ansehen."

„Archologen", meinte Kevin.

„Archäologen verbesserte Frau Lehmkuhl.

„Was ist das, ein Archäologe?", fragte Emma.

„Die buddeln in der Erde und kriegen dafür Geld", erklärte Kevin.

„Können Mädchen auch Archäologe werden?", fragte Emma zurück.

„Natürlich", erklärte Frau Lehmkuhl, „du wärest dann eine Archäologin."

„Ich werde Archäologin", versicherte Emma. „Ich buddele nämlich auch gerne."

„Ich auch!"

„Ich auch!"

Damit hatte die deutsche Altertumsforschung eine ganze Reihe von Nachwuchsarchäologen und Nachwuchsarchäologinnen gewonnen.

„Aber zunächst gehen wir zurück zu unserem Platz. Ich muss einmal mit der Stadt telefonieren, um zu erfahren, wo im Augenblick in Greven gebuddelt wird."

Gebuddelt wurde in nur einem Kilometer Entfernung, nämlich in Pentrup. Dort hatte man schon massenhaft Scherben aus dem Boden geholt. Nach einer kurzen Beratung nahm eine der Praktikantinnen ihr Fahrrad und radelte los. Nach einer guten halben Stunde kam sie in Begleitung zurück, sie auf ihrem Fahrrad, zwei Archäologen in einem uralten Geländewagen. Vielleicht ist das ein Standeszeichen für Archäologen, siehe Indiana Jones.

Die Praktikantin stellte die beiden vor: „Herr Prof. Dr. Habe-nicht-Breitscheid und Frau Dr. Kampmann. Frau Lehmkuhl, die Leiterin der Kita und der kleine Junge dort, das ist Kevin, ein Junge mit Forscherdrang."

Frau Dr. Kampmann, ziemlich jung und sehr hübsch, ging auf Kevin zu. „Dann zeig uns einmal, was du gefunden hast."

Kevin nahm die Frau Doktor an die Hand und führte sie zur be-sagten Stelle. Der Herr Professor folgte mit der gesamten Kita-Schar.

„Sehen Sie dort, da habe ich den Schädel wieder hingelegt, da-mit er nicht verloren geht."

Die Frau Doktor nahm den Schädel auf, begutachtete ihn und gab ihn mit einem Lächeln an ihren Chef weiter. Dann nahm sie eine große Taschenlampe, die sie mitgebracht hatte, und zwängte sich in die Öffnung. Es dauerte etwa zwei Minuten, dann erschien sie wieder – mit einem weiteren Schädel. Sie hielt ihn hoch und zeigte ihn Frau Lehmkuhl. „Sehen Sie den Unterschied?"

„Nun ja, die Farbe. Kevins Schädel ist fast weiß, der, den Sie ge-funden haben, ist dunkler, bräunlich."

„Genau darum geht es. Dieser Schädel hier ist 4 - 5 Tausend Jah-re alt. Kevins keine 100 Jahre. Grob geschätzt 60 - 70 Jahre. Mein Schädel ist ein Fall für uns, ein wirklich gut erhaltenes Grab mit sechs oder sieben Skeletten. Kevins Schädel ist ein Fall für die Poli-zei."

Der Herr Professor strahlte. „Diese Dame ist exzellent. Habe ich allerdings auch ausgebildet. Kevin, was willst du einmal werden?"

„Archäologe, das ist doch klar."

„Bravo! Frau Lehmkuhl, wir benachrichtigen sofort die Polizei. Uns glaubt man. Bei Ihnen würden die vermuten, dass Sie einen menschlichen Schädel nicht von einem Tierschädel unterscheiden können. Kevin, du hast alles richtig gemacht."

Kevin strahlte mit der Sonne um die Wette.

♥

Bei der Polizei in Greven, Grüner Weg, ging das Telefon. Der diensthabende Beamte bekam große Augen, als er hörte, um was es ging. Dann nahm er einen Bleistift und machte sich Notizen. Er fragte ein paarmal nach, machte sich wieder Notizen, bedankte sich für den Anruf, winkte einen Kollegen zu sich, um ihn abzulösen und machte sich auf den Weg zur Kripo, ein Stockwerk höher, bewaffnet mit dem vollgeschriebenen Zettel.

Er klopfte an, jemand sagte „Herein!" und der Beamte wandte sich an seine Kollegin: „Sandra, ich glaube, wir haben eine Aufgabe für dich."

„Hund entlaufen? Katze steckt in einem Rohr fest?"

„Nein, natürlich nicht. Du bist doch hier Chef, oder?"

„Richtig, denn ‚Die Chefin' läuft freitags im ZDF. Und der Herr Hauptkommissar ist dauernd unterwegs. Um was geht es denn?"

„Wahrscheinlich Mord."

„Wo?"

„Das weiß keiner. Das ist deine Aufgabe."

Dann erzählte er ausführlich von seinem Gespräch und gab alles wieder, was er sich notiert hatte.

„Und dann hat dieser Herr Professor noch gesagt, du müsstest in ein Steinzeitgrab kriechen, es wäre sehr eng und dabei macht man sich schmutzig. Nimm alte Klamotten mit!"

„Habe ich immer im Kofferraum."

Damit machte sich Sandra Kampeter auf den Weg. Eigentlich konnte sie mit ihrer Karriere zufrieden sein. Mit 28 war sie Oberkommissarin, machte praktisch die gesamte Kripo-Arbeit, da ihr Chef dauernd unterwegs war. Das empfand sie als durchaus angenehm, da ihr Chef in letzter Zeit so etwas wie väterliche Züge entwickelt hatte und dauernd versuchte, sie an den Mann zu bringen. Bis jetzt vergeblich. Vielleicht war sie zu wählerisch – doch das glaubte sie nicht. Oder zu hübsch? Es traut sich keiner ran. Diesen Grund ließ sie eher gelten. Das waren jetzt aber nebensächliche Gedanken. Sie hatte einen Fall. Auf geht's!

Dank der genauen Wegbeschreibung fand sie schnell die Stelle, wo die halbe Kita auf sie wartete. Sie stieg aus und sah sich von einer großen Anzahl von Kindern umringt. Die Kleinsten hingen sofort an ihren Beinen. Bevor Frau Lehmkuhl überhaupt etwas sagen konnte, hatte Kevin schon das Wort ergriffen.

„Hallo! Ich bin Kevin. Ich habe die Leiche entdeckt. Wollen Sie wissen wo?"

„Dann zeig mir einmal die Stelle."

Ein kaum enden wollender Zug von kleinen und kleinsten Kindern bewegte sich in sehr gemessenem Tempo in Richtung des Hügels. Frau Lehmkuhl hatte inzwischen Zeit gefunden, sich vorzustellen. Am Eingang von Kevins Höhle lag wieder der Schädel.

Sandra Kampeter sah ihn sich an und sagte dann: „Eindeutig kein Schädel aus der Steinzeit. Aber bevor ich hier alles zerstöre, lasse ich lieber die Spezialisten anrücken. Und vor allem: Es handelt sich hier um einen Tatort. Der wird jetzt mit Flatterband abgesperrt."

Es dauerte eine gute Stunde, dann rückte die Spusi in Gestalt von zwei Personen an: Ernst Kantner und Willi Erle. Das nun wiederum stellte ein Problem dar, denn: Nomen est Omen. Ernst Kantner war mit zwei Meter Größe und 120 kg Lebendgewicht nicht in der Lage, sich in das steinzeitliche Grab zu zwängen. Willi

Erle war zwar dünn wie eine Bohnenstange, es wäre ihm ein Leichtes gewesen, sich ins Innere der Grabanlage zu begeben, doch er befand sich erst am Anfang seiner Ausbildung und hatte noch nie alleine so eine Grabanlage untersucht.

Ernst sah Sandra an und meinte: „Es war zwar eine gute Idee, auf uns zu warten. Dann musst du dich nicht schmutzig machen. Aber wie du siehst, musst du nun doch dran glauben. Nimm dir einen von Willis Überziehern und kriech ins Grab. Wir werden hier draußen eine Kameraanlage aufbauen, mit der du dich ins Innere begibst. Dann warte auf meine Anweisungen. Wir setzen dann hier das Skelett so zusammen, wie du es drinnen gefunden hast."

Sandra blieb nichts anderes übrig, als sich umzuziehen. Kevin versuchte noch, sie zu trösten: „Wenn du willst, gehe ich mit dir in die Höhle. Dann musst du keine Angst haben."

„Danke, Kevin, das schaffe ich schon. Pass du draußen auf, dass sie die Knochen richtig zusammensetzen."

Also begab sie sich mit der Kamera in die Grabanlage und übertrug die Bilder nach draußen. Frau Lehmkuhl verstand ihre Kinder nicht mehr, die die Bilder mit ‚Ah!' und ‚Oh!' und ‚Wie schön!' kommentierten. Nach über zwei Stunden erblickte Frau Oberkommissarin Sandra Kampeter wieder das Licht der Welt. Sie sah ein perfekt rekonstruiertes Skelett, so wie sie es im Innern gesehen hatte. Die Kita war jedoch abgezogen: Dienstschluss.

„Und?", fragte sie Ernst Kantner.

„Niemand begibt sich freiwillig in so eine steinzeitliche Grabanlage, um dort zu sterben. Dann sieh dir diese Rippe an! Woher kommt das runde Loch? Frag mich nicht, wie lange dieser Bursche, es ist zweifelsfrei ein Mann, hier schon liegt. Aber eins ist sicher, du hast einen Ermordeten vor dir. An die Arbeit! Du schaffst das!"

Das war leichter gesagt, als getan. Es gab zwar einen Toten, aber man wusste lediglich, dass es sich um einen Mann handelte. Wie alt war er? Seit wann lag er dort? Kam er überhaupt aus dieser Gegend? Dagegen war die Identifizierung von Ötzi ein Kinderspiel gewesen. Bei Ötzi hatten viele Freiwillige eine DNA-Probe abgegeben. Vielleicht war man ja mit ihm verwandt? Aber hier war alles unklar und niemand, der etwas wusste, würde etwas verraten. Doch die einfachen Fälle machen sowieso keinen Spaß und man wächst mit den Aufgaben.

Wem gehört eigentlich der Grund und Boden, auf dem das Skelett gefunden wurde? Das konnte sie schnell in Erfahrung bringen. Doch allein auf sich gestellt, war da kaum etwas zu machen. Außerdem galt im Dienst das Vier-Augen-Prinzip. Sie brauchte Unterstützung. Aber von wem? Von ihrem Chef Gunnar Moormann? Der war dauernd auf Fortbildungen, hielt Vorträge und beschäftigte sich leidenschaftlich gern mit der Frau seines Lebens. Es sollte ihm gegönnt sein! Dann musste sie auf die zugesagte Verstärkung warten, frisch aus Hiltrup von der Polizeischule. Wahrscheinlich mit viel Euphorie und ohne praktische Erfahrung. Inzwischen würde sie sich um die Dinge kümmern, die sie ohne Unterstützung erledigen konnte: Die Lösung der Frage: „Wer ist Eigentümer des Waldgebietes, in dem das Skelett gefunden wurde?" Das war leicht zu erforschen. Eigentümer war ein Bauer namens Schulte Amdiek. Seltsamer Name für einen Grevener Bauern, denn hier gab es keinen Deich, der den Namen rechtfertigte. Der Emsdeich sorgte erst seit Mitte der 1950er Jahren dafür, dass Greven nicht mehr unter Hochwasser zu leiden hatte. Aber „Amdiek" heißt doch wohl „Am Deich". Wo ruft man an, um Genaueres zu erfahren? Bei Schulte Amdiek.

Eine jugendliche Stimme stellte sich vor: „Hallo, Sie sprechen mit Bernadette Amdiek. Den ‚Schulte' können Sie weglassen und duzen können Sie mich auch, denn ich bin erst 13 Jahre alt."

Das war eine klare Ansage! Dem musste man etwas entgegensetzen. „Hallo Bernadette. Du sprichst mit Sandra Kampeter von der Kripo in Greven. Ich bin Oberkommissarin. Aber du darfst mich Sandra nennen. Aber nur du, kein anderer."

„OK, Sandra. Was kann ich für dich tun?"

Die junge Dame war wirklich nicht auf den Mund gefallen.

„Bernadette, wer kann mir Informationen zu eurem Hof geben?"

„Papa und ich."

„Und deine Mutter?"

„Da ist die Kripo aber schlecht informiert. Erinnerst du dich an den Unfall mit der Kutsche, vor drei Jahren?"

Am liebsten hätte Sandra jetzt das Wort mit S-C-H ganz laut geschrien. Sie hielt sich zurück und sagte ziemlich leise: „Das tut mir leid, ich erinnere mich jetzt wieder. Aber das war damals eine reine Polizeiangelegenheit, die Kripo war nicht betroffen."

„Das ist schon in Ordnung. Was willst du denn nun wissen?"

„Euer Name, Amdiek, ist doch sehr norddeutsch, nicht münsterländisch."

„Ja, vor gut 100 Jahren hat hier ein Enno Amdiek eingeheiratet, ein Mann von der Küste, ein Ostfriese."

„Ging das denn so einfach?"

„Jein. Er war Erbe eines 100 ha großen Hofes an der Küste, direkt am Deich. Deshalb Amdiek. Den Hof an der Küste, am Deich, haben wir übrigens immer noch. Schwierig war es aber wegen der Sprache. Enno sprach Friesisch, auf dem Hof sprach man Platt. Man verständigte sich mittels einer Fremdsprache: Hochdeutsch. Das war nicht einfach."

„Bernadette, alles, was wir bis jetzt besprochen haben, hat seinen Ursprung in weiblicher Neugierde. Es ist also rein privat."

„Privat? Heißt das, dass du an Papa interessiert bist?"

„Nein, ich kenne deinen Vater überhaupt nicht."

„Das macht nichts, du kannst ihn ja kennen lernen."

„Nein, ich rufe doch dienstlich an. Ich brauche ein paar Informationen über euren Waldbesitz in den Wentruper Bergen."

„Oh, darüber weiß ich wenig. Unsere Äcker und Wiesen kenne ich alle und ich weiß auch, dass wir eine Eigenjagd haben. Die hat man erst ab 300 Morgen. Wir haben mehr, viel mehr. Aber wenn es um die Wentruper Berge geht, ist es doch besser, wenn du mit meinem Vater sprichst. Wie wäre es morgen Abend um 18.00 Uhr?"

„Kannst du denn so einfach über den Zeitplan deines Vaters bestimmen?"

„In diesem Fall kann ich das. Morgen Abend wird hier gegrillt, mit Nachbarn und Freunden. Da kann ich dich einladen. Das ist ganz ungezwungen. Komm aber bitte nicht in Uniform. Dann glaubt Papa, du würdest ihn verhaften, weil er mit seinem Trekker zu schnell gefahren ist."

„Keine Angst, ich komme sehr zivil und Uniform trägt die Kripo nicht."

Als die Frau Oberkommissarin den Hörer aufgelegt hatte, war ihr plötzlich ganz anders zumute. Sie wollte eigentlich etwas ganz Anderes am Telefon erreichen, sie hatte sich aber von einer 13-Jährigen einwickeln lassen. Aber welche Absicht verfolgte das Mädchen?

Der folgende Morgen: Sandra saß schon seit zwei Stunden an ihrem Schreibtisch. Dabei war es erst 9.00 Uhr. Sie liebte es, früh anzufangen. Dann hatte sie am Spätnachmittag noch etwas Zeit für einen Sprung in das kalte Wasser des Franz-Felix-Sees. Doch bedingt durch das heiße Wetter war dieses Wasser auch nicht mehr kühl. Eigentlich erwartete sie einen Anruf von der KTU, um nähere Hinweise auf den Toten aus den 1950er Jahren zu bekommen. Sie wusste jedoch auch, dass das dauern konnte.

Und dann wartete sie noch auf die versprochene Verstärkung. Plötzlich ging doch das Telefon: der nette Kollege vom Empfang.

„Sandra, deine Verstärkung ist angekommen."

„Dann schick ihn nach oben."

„Das ist das Problem, denn es ist CR."

„Du willst mich auf den Arm nehmen. Cristiano Ronaldo hat irgendwo in Italien angeheuert, bestimmt nicht bei der Grevener Kripo."

„Stimmt! Es handelt sich auch nicht um Cristiano Ronaldo, sondern um Carmen de la Rosa. Kein Er, eindeutig eine Sie. Ich bringe sie zu dir."

Eine Minute später ging die Tür auf und Sandra fühlte sich im falschen Film. „Die muss sich verirrt haben", war ihr erster Gedanke. „Die Sendung mit den Models gibt es im Fernsehen, nicht bei der Grevener Polizei."

„Guten Tag", stellte CR sich vor. „Mein Name ist Carmen de la Rosa. Meine Eltern kommen aus Spanien, ich bin aber hier geboren und aufgewachsen. Natürlich habe ich die deutsche Staatsangehörigkeit. Und meinen Spitznamen CR habe ich schon seit ewigen Zeiten."

„Herzlich willkommen. Ich bin Sandra Kampeter, im Augenblick bin ich hier Chef. Sprechen Sie Spanisch?"

„Deutsch, Spanisch, Französisch und Englisch."

„Das ist gut, denn wir bewegen uns hier sprachlich gesehen zwischen Hochdeutsch und Plattdeutsch."

Carmen sah sich um, Sandra sah Carmen an. „Wollen Sie ein eigenes Arbeitszimmer oder sollen wir uns dieses teilen?"

„Ich würde gerne hier bleiben, bei Ihnen, dann bin ich näher am Geschehen."

„Dann sollten wir uns duzen. Die Zusammenarbeit wird dann einfacher."

Zunächst orderten sie einen im Nebenzimmer abgestellten Schreibtisch nebst Drehstuhl, der mit Hilfe einiger Kollegen sofort in das neue Arbeitszimmer transportiert wurde, Kopfseite gegen Kopfseite, das Telefon in der Mitte, zugänglich für beide Damen. Ein eigenes Telefon für Carmen und ein Computer würden sobald wie möglich installiert werden.

Frau Oberkommissarin sah CR an: „Klappt das bei dir immer so gut?"

„Nun ja, es gibt wie überall Männer, die reagieren auf weibliche Reize wie Hirsche in der Brunft. Etwas mit dem Hintern wackeln, tief einatmen, Mund leicht, Augen weit geöffnet. Das reicht bei den meisten. Haben wir zufällig einen aktuellen Fall?"

Frau Kampeter war ein wenig verwirrt, entgegnete trotzdem gefasst: „Ich weiß nicht, ob man den vorliegenden Fall als aktuell bezeichnen kann. Vor 60 oder 70 Jahren kam ein Mann zu Tode, wahrscheinlich ermordet und wurde in einem Steinzeitgrab, hier im Münsterland auch als Hünengrab bezeichnet, beigesetzt. Durch Zufall wurde gestern das Skelett gefunden. Ich warte noch auf genauere Ergebnisse der KTU. Aber heute Abend bin ich zu einem Grillabend auf dem Hof, zu dem die Fundstätte gehört, eingeladen. Von der 13-jährigen Tochter des Bauern. Es muss sich um einen sehr großen Besitz handeln."

CR zog die rechte Augenbraue hoch. „Wieso?"

„Das weiß ich nicht oder noch nicht. Der Bauer, noch keine 40, ist seit drei Jahren verwitwet. Seine Frau starb bei einem Kutschenunfall."

„Will die Kleine dich verkuppeln? Mit ihrem Vater?"

„Die kennt mich doch gar nicht."

„Du stehst aber auf der Home-Page der Polizei Greven. Da guckt man doch sofort drauf, wenn man mit der Polizei spricht."

„Die Kleine ist weder dumm noch auf den Mund gefallen. Komm doch heute Abend mit und mach dir selbst ein Bild. Vier Augen sehen mehr als zwei und vier Ohren hören auch mehr als zwei."

„Hast du Angst vor der männlichen Gefahr auf dem Hof? So als Großbäuerin lebt es sich doch auch ganz gut."

„Ich bin ganz gerne bei der Kripo. Aber wie ist es mit dir? Kommst du mit?"

„Das wird schwierig werden. Mein gesamter Haushalt befindet sich in meinem Auto. Ich habe gestern erfahren, dass mein erster Arbeitsort Greven sein wird und musste heute mein Zimmer in der Polizeischule abgeben. Ich muss jetzt sehen, wo ich unterkomme, bis ich eine eigene Wohnung gefunden habe."

„Da könnte ich helfen. Das Gehalt einer Oberkommissarin lässt die Miete für eine Wohnung mit Gästezimmer zu. Das Zimmer könntest du vorübergehend haben."

„Dann komme ich heute Abend mit, als Bodyguard sozusagen."

Sandra sah Carmen leicht zweifelnd an, doch diese antwortete: „Ich bin eine ziemlich gute Kickboxerin. Man sieht es mir nicht unbedingt an. Es kann auch ein Vorteil sein, wenn man unterschätzt wird."

„Auf dieses Hobby wäre ich nun wirklich nicht gekommen. Wir fahren jetzt erst einmal zu mir, dort kannst du deine Sachen auspacken. Danach zeige ich dir deinen Einsatzort Greven etwas genauer."

Pünktlich um 18.00 Uhr kamen die beiden Kripobeamtinnen auf dem Hof der Amdieks im Norden Grevens an. Es war wirklich kein kleiner Hof, man konnte es schon als Anwesen bezeichnen. Zum Wohngebäude gelangte man durch einen gewaltigen Torbogen aus Ibbenbürener Sandstein. Das Tor selbst war wohl von einem Kunstschmied hergestellt worden und lief zum Öffnen auf in den Boden eingelassenen Schienen.

„Elektrisch zu öffnen, wahrscheinlich mit Fernbedienung, falls man hier Hausherr ist", bemerkte Carmen de la Rosa. „Hier ist man keine Bauersfrau, hier ist man Herrin", fügte sie hinzu und sah Sandra Kampeter an.

Diese ging jedoch nicht auf die Anspielung ein, sondern zeigte auf die geparkten Autos. „Hier sind keine notleidenden Bauern und Landwirte versammelt, lauter SUVs und Geländewagen in edelster Ausstattung. Und die werden nicht von der EU subventioniert."

Kaum hatte sie das gesagt, da trat aus dem Schatten eines Olivenbaums – richtig, mitten in Westfalen drei in den Boden gepflanzte Olivenbäume, keiner unter zweieinhalb Meter, umgeben von Rosen und Lavendel – ein Mädchen hervor, das der Fahrerin einen Platz zum Parken zuwies. Sandra und Carmen stiegen aus.

„Hallo, bist du Bernadette?", fragte Sandra.

„Ja. Und du bist Sandra?"

„Ja. Ich habe noch eine Kollegin mitgebracht, die heute ihren Dienst in Greven angetreten hat. Durfte ich das?"

„Aber ja! Dieser Abend ist sowieso etwas Besonderes. Es geht natürlich auch ums Essen. Aber auch um einen Plan, mit dem man den Abriss der St. Josefkirche noch verhindern kann. Hier versammeln sich nämlich gerade entschiedene Gegner des Abrisses. Ich verstehe das nicht so ganz. Manche der hier versammelten Leute haben seit Jahren die Kirche nicht mehr von innen gesehen – außer vielleicht zu Weihnachten. Sie liefern damit einen hinreichenden Grund für einen Abriss."

Sandra sah sich das Mädchen noch einmal an: Schwarze Haare, die fast bläulich schimmerten, einen Teint, als würde sie sich den lieben langen Tag nur in der Sonne aalen. Und für eine 13-Jährige sehr weit entwickelt.

Bernadette hatte den Blick bemerkt, lächelte und meinte: „Jetzt machst du dir Gedanken über mein Aussehen. Meine Mutter war Südfranzösin. Das hinterlässt Spuren. Und etwas frisches Blut auf einem westfälischen Bauernhof tut der Familie gut. Hier heiraten die Bauern doch nur untereinander. Irgendwann lassen sich die Folgen dieser Art von Heiratspolitik nicht mehr verbergen."

Jetzt waren die beiden Beamtinnen platt. Hier erzählte ihnen eine 13-Jährige offen, was zwar jeder wusste, jedoch keiner sagte. Dann fuhr Bernadette fort: „So ein Treffen ist immer auch ein Heiratsmarkt. Also nicht für mich. Ich habe noch Zeit. Aber wenn ihr Interesse habt, hier sind einige recht interessante Zuchtbullen anwesend. Entschuldigt den Ausdruck. Ich nenne sie heimlich immer so, sie selbst nennen sich Hoferben. Das ist auch nur meine persönliche Einschätzung."

Sandra und Carmen waren nun wirklich perplex. Um überhaupt etwas zu sagen, fragte Carmen: „Sprichst du denn Französisch?"

Danach verstand Sandra kaum noch etwas. Bernadette hatte ins Französische gewechselt und Carmen antwortete genauso fließend. Jetzt fiel es Sandra wieder ein. Carmen hatte als Fremdsprache unter anderem Französisch angegeben. Diese Aussage erwies sich nun als korrekt. Also folgte sie den beiden zum Grillplatz. Dort waren bestimmt schon zwei Dutzend Gäste versammelt: männliche und weibliche. Mittelpunkt des allgemeinen Interesses war ein gewaltiger Grill, dessen Deckel aber noch geschlossen war, sodass man nicht sehen konnte, was dort auf die Gäste wartete. Daneben stand aber noch ein normaler Grill, wie ihn jeder Gartenbesitzer sein Eigen nennt: für die Würstchen und die Steaks.

Ein knapp 40-jähriger Mann näherte sich Sandra Kampeter: „Sie müssen Frau Kampeter sein. Ich bin Geert Schulte Amdiek. Geert mit Doppel-E. Es ist hier auf dem Hof Sitte, dass der älteste Sohn, also der Hoferbe, einen norddeutsch angehauchten Vornamen bekommt. Ich kann froh sein, dass meine Eltern mich nicht Onno, Okko oder Menno genannt haben. Seit meinem Urgroßvater Enno ist das so üblich."

„Bernadette hat mich eingeladen, weil ich einige dienstliche Fragen bezüglich Ihres Waldbesitzes in den Wentruper Bergen habe."

„Bernadette kennt jeden Acker, jede Wiese und jeden verwertbaren Baum. Die Wentruper Berge sind für uns allerdings ziemlich wertlos. Zu hügelig, um die wenigen wertvollen Bäume kostendeckend zu ernten und zu verwerten. Das ist nur ein vorgeschobener Grund, wahrscheinlich wollte sie Sie kennenlernen, um uns beide zu verkuppeln. Sie müssen das entschuldigen, aber sie ist dauernd auf der Suche nach einer passenden Frau für mich. Ich habe zwar nach dem Tod meiner Frau eine Haushälterin eingestellt, aber gutes Essen allein macht auch nicht glücklich. Und unsere Haushälterin Frau Elten ist schon über 60 und wohl nicht die richtige Ansprechpartnerin für Bernadette."

„Da hat sie bei mir aber danebengegriffen. Es gibt wohl kaum eine unpassendere Frau für ihren Hof als mich. Ich habe überhaupt keine Ahnung von Ackerbau und Viehzucht."

„Danke, dass Sie gesagt haben ‚unpassendere Frau für den Hof' und nicht ‚unpassendere Frau für mich'. Doch Sie können ganz beruhigt sein, meine Frau wusste wahrscheinlich noch weniger vom Landleben als Sie. Trotzdem verstanden wir uns ausgezeichnet. Sie hat Leben auf den Hof gebracht, vor allem gesellschaftliches Leben. Wir haben durch sie viele Freunde gewonnen. Aber was kann ich für Sie tun?"

„Gestern war der Kita von St. Josef in den Wentruper Bergen."

„Das weiß ich. Sie sind jedes Jahr ein paarmal dort. Sie rufen vorher an, dann ist das in Ordnung. Ist etwas passiert?"

„Das kann man wohl sagen. Eines der Kinder hat, wie es meinte, den Eingang zu einer Höhle entdeckt. Es stellte sich heraus, dass es sich um ein steinzeitliches Grab handelte, was man hier auch als Hünengrab bezeichnet. Die hinzugerufenen Archäologen entdeckten sieben Skelette, sechs wohl vier Tausend Jahre alt, eines allerdings erst 60 bis 70 Jahre alt. Den Bericht der Archäologen werden Sie demnächst bekommen, dazu den Hinweis, dass dort einige Grabungen durchgeführt werden müssen."

„Wenn das sein muss, nun gut. Aber was habe ich damit zu tun?"

„Wahrscheinlich gar nichts. Schließlich haben Sie zum Todeszeitpunkt dieses Mannes noch gar nicht gelebt. Aber Sie sind nun einmal der Eigentümer des Grund und Bodens dort und deshalb muss ich Sie fragen, ob Sie etwas von einer ‚Beerdigung' dort wissen. Der Mann wurde nämlich erschossen."

„Also Mord oder Jagdunfall. Mein Vater oder Großvater wüssten vielleicht etwas, aber die sind schon lange tot. Ich kann Sie mit einigen der ganz alten Bauern bekannt machen. Allerdings kann ich Ihnen da nur wenig Hoffnung machen, denn wenn die auch nur die geringste Ahnung hätten, würden Sie nichts erzählen, schließlich war die Beerdigung illegal. Es stellt sich die Frage: ‚Wer wusste von dem Steinzeitgrab?' Ich wusste nichts. Sprechen Sie Platt?"

„Ich verstehe es ganz gut, aber mit dem Reden habe ich doch größere Probleme."

„Vielleicht klappt es trotzdem. Aber wo ist Bernadette?"

„Hier, Papa, hinter dir. Darf ich vorstellen: Carmen de la Rosa, Spitzname CR. Sie ist erst seit heute bei der Kripo in Greven und spricht fließend Französisch. Kann ich sie nicht einfach ab und zu einladen, dann kann ich reden wie mit Mama."

„Du hast doch wohl nicht die Absicht, mich mit dieser jungen Dame zu verkuppeln oder?"

„Nein, du kannst in dieser Beziehung ganz beruhigt sein. Carmen ist wie eine ältere Schwester für mich. Mit ihr kann ich über Dinge reden, von denen Frau Elten wirklich keine Ahnung hat. Außerdem, euer Altersunterschied ist doch bedenklich. Wenn ich ehrlich sein soll, hatte ich dafür eher an Frau Kampeter gedacht."

Frau Kampeter sah Frau de la Rosa an und beide sahen Herrn Schulte Amdiek an und begannen zu lachen.

„Lass mal gut sein, Bernadette", sagte schließlich Schulte Amdiek zu seiner Tochter. „Aber deine Verkupplungsbemühungen solltest du langsam einstellen. Das werde ich auch alleine schaffen. Kommen Sie mit, Frau Kampeter! Wir wollen versuchen, ihre dienstlichen Probleme zu lösen. Sehen Sie den alten Herrn da vorne? Er ist schon 85, aber körperlich noch fit und geistig absolut klar. Wissen Sie, was ein Öhm ist?"

„Ein unverheirateter jüngerer Bruder eines Hoferben, der auf dem Hof geblieben ist."

„Richtig. Bernd Uppenborg ist so ein Öhm. Er war zwar nie verheiratet, war aber kein Kostverächter. Man spricht von vier Kindern, an die er auf ganz menschliche Art und Weise gekommen ist. Sein Hof liegt in Pentrup, einen Katzensprung von den Wentruper Bergen entfernt. Dieser Öhm weiß sehr viel. Und jetzt haken Sie sich besser bei mir ein. Das ist für Bernd ein Zeichen, dass Sie kein Freiwild sind."

Sandra Kampeter hatte jedoch noch eine Frage: „Was befindet sich eigentlich in dem XXL-Grill?"

„Backschinken. Die beiden Schinken garen schon seit heute Mittag vor sich hin. Wir haben hier auf dem Hof für den Eigenbedarf eine besondere Schweinerasse: Angeler Sattelschweine. Eine alte Haustierrasse, für die Vermarktung zu unwirtschaftlich, aber exzellent im Geschmack. Sie werden sich davon überzeugen können. Aber jetzt muss ich mich um Bernadette kümmern. Sie sieht älter aus als sie ist und das vergessen eventuell einige der Jungbauern."

„Da machen Sie sich mal keine Sorgen. Sie ist in Begleitung von Carmen und die ist eine ausgezeichnete Kickboxerin. Die meisten Männer liegen ihr nach dem zweiten Schlag zu Füßen."

„Ehrlich gesagt, hatte ich Ihre Kollegin eher für den Laufsteg angesehen. Aber wenn das so ist, dann bleibe ich bei Ihnen."

Sie hatte sich bei ihm eingehakt, und das blieb auch so, als sie vor Bernd standen. Ein durchaus angenehmes Gefühl.

„Hallo Bernd, darf ich dich mit Frau Kampeter bekannt machen? Sie ist von der Kripo in Greven. Vielleicht kannst du ihr helfen, sie hat nämlich ein Problem, das im Ursprung 70 Jahre zurückliegt."

„So alt bin ich doch noch gar nicht", erwiderte Bernd lächelnd, „aber berichten Sie mal."

Der Gastgeber entfernte sich und Sandra Kampeter erzählte erneut ihre Geschichte. Danach war für einen Augenblick Stille. Bernd überlegte. Dann kratzte er sich am Kopf und sagte: „Ich befürchte, dass hier eine Geschichte losgetreten wird, die besser im Steinzeitgrab geblieben wäre. Ich bin Jahrgang 1933, bin jetzt also 85. Wenn der Mord zwischen 1950 und 1955 passiert ist, dann müsste ich eigentlich davon wissen. Was ich weiß ist Folgendes: Es hat damals keine polizeilichen Untersuchungen gegeben. Das können Sie wahrscheinlich anhand der Akten überprüfen. Wenn es aber keine polizeilichen Untersuchungen gegeben hat, dann heißt das, dass niemand vermisst wurde. Dass es in den Wentruper Bergen sogenannte Hünengräber gibt, ist allgemein bekannt. Ich hatte allerdings vermutet, dass man alle gefunden hat. Ich erinnere mich auch, dass es eine Stelle gab, an der ab und zu Blumen lagen. Wenn ich Ihre Geschichte so überdenke, würde ich sagen: Grabschmuck. Doch wenn hier jemand verschwunden wäre, dann wüssten es viele Leute. Aber es gab nie ein Gerücht über einen heimlich Verschwundenen. Es kann ja auch sein, dass, wenn es sich um einen Mord handelt, dieser ganz woanders geschehen ist, die Leiche hier sozusagen ‚entsorgt‘ wurde. Man sollte auch über einen Jagdunfall nachdenken. Das ist allerdings unwahrscheinlich, so etwas kann man nicht geheim halten. Übrigens, die Sache mit den Blumen hörte irgendwann auf."

„Ich danke Ihnen. Die Geschichte wird jetzt immer rätselhafter."

„Sie werden kaum Hilfe finden, denn man muss schon in meinem Alter sein, um Auskunft geben zu können. Jüngere können es nicht wissen, Ältere gibt es kaum noch. Eine Frage habe ich doch noch: ‚Ist Geert interessant für Sie? Ich meine jetzt privat.‘"

„Aber Herr Uppenborg, Sie müssten die Frage doch anders formulieren, Sie müssten fragen, ob ich interessant für Geert Amdiek bin."

Dem Öhm huschte ein Lächeln übers Gesicht. „Ich glaub, ich werde alt. So ein Fauxpas wäre mir früher nicht passiert. Aber Sie haben natürlich recht. Können Sie mich trotzdem bis zu dem großen Tisch begleiten? Das Gehen fällt mir manchmal etwas schwer, in weiblicher Begleitung jedoch leichter. Und warten Sie auf den Backschinken. Der macht süchtig und den bekommt man nur hier."

Die Oberkommissarin begleitete Öhm Bernd an den großen Tisch und sah sich danach um. Sie erblickte Carmen an einem kleineren runden Tisch zusammen mit Bernadette und ihrem Vater. Ein Platz war noch frei. „Ich habe doch nichts gegen Landwirte", dachte sie und ging an den Tisch.

„Ist der Platz noch frei?", fragte sie.

„Den haben wir für dich reserviert", antwortete Tochter Amdiek.

„Und diesen Wein solltest du probieren. Er ist mehr als gut", sagte Carmen.

„Das geht leider nicht", entgegnete Sandra. „Eine von uns muss fahren. Und da du schon getrunken hast, muss ich zurückfahren."

„Falsch!", schaltete sich jetzt Bernadette ein. „Wir Amdieks lieben die Geselligkeit und es gibt nichts Langweiligeres als einen nüchternen Westfalen. Deshalb hat mein Vater auf meine Anregung hin und mit meiner Unterstützung einen Fahrdienst organisiert. Die beiden jungen Männer dort an der Ecke fahren euch nach Hause. Einer fährt euch mit eurem Wagen, der andere folgt mit unserem. Die beiden Burschen sind sehr zuverlässig. Also, ihr dürft ‚Prost' sagen!"

Beide Kripobeamtinnen kamen der Aufforderung nach, erst recht, als der Backschinken serviert wurde. Nach dem ersten Bissen fragte die Oberkommissarin: „Wer kann so etwas herstellen?"

Bernadette gab die Erklärung: „Für den Backschinken war Frau Elten verantwortlich, auch für den Rotkohl und das Sauerkraut. Ich kenne aber ihr Rezept. Das Kartoffelpüree stammt allerdings von mir: Die gekochten Kartoffeln zweimal durch die Presse geben, mit Salz, Pfeffer und Muskat abschmecken, ein ordentlicher Stich Butter hinzu, dann keine Milch hinzufügen sondern leicht angeschlagene Sahne. Zum Schluss Röstzwiebeln darüber geben.

Die beiden Damen kamen aus dem Staunen nicht mehr raus.

„Das sollen Kartoffeln sein?", fragte Carmen.

„Das waren Kartoffeln", klärte Tochter Amdiek auf, „jetzt ist es ‚Püree à la Bernadette'."

„Was muss man tun", fragte Sandra, „um dieses Essen häufiger genießen zu können?"

„Uns besuchen", antwortete Geert Amdiek.

„Und Französisch mit mir reden", fügte Bernadette, an Carmen gewandt, hinzu.

Das Essen zog sich in die Länge, zumal es durch den Wein bekömmlicher wurde.

Als der größte Hunger gestillt war, zog sich die Gesellschaft an eine Stelle zurück, wo eine große Feuerschale für Gemütlichkeit sorgte. Für Wärme und Helligkeit musste sich Anfang August niemand Sorgen machen. Geert Amdiek stand direkt hinter Sandra Kampeter und irgendwie hatten sie dauernd Körperkontakt. Zuerst war Sandra etwas überrascht, doch auf die Dauer gefiel es ihr und sie erwiderte die Bewegungen.

Plötzlich änderte sich die Stimmung, als einer der Anwesenden laut auf das Thema zu sprechen kam, das anscheinend alle interessierte. „Was haltet ihr denn nun von der Idee des Bischofs, St. Josef zu schließen und abzureißen? Schließlich haben unsere Familien Anfang der 1950er Jahre den Bau dieser Kirche mit erheblichen Mitteln gefördert. Selbst das Land, auf dem diese Kirche steht, gehörte einmal unseren Familien."

Geert Amdiek trat jetzt in die Mitte und sagte ganz entspannt: „Das ist gar nicht so einfach mit dem Abriss und dem Neubau. Mit der Kirche macht man am besten alles schriftlich. Ich habe mir noch einmal das Schriftstück angesehen, mit dem mein Großvater einen größeren Acker zur Verfügung gestellt hat. Jetzt müsst ihr genau auf den Wortlaut achten. Das Grundstück wurde nicht verschenkt oder verkauft, es wurde lediglich für den Bau der Kirche zur Verfügung gestellt. Nach meinem Dafürhalten bedeutet das, dass der Grund und Boden an uns zurückfällt, wenn St. Josef abgerissen wird. Diese meine Überlegung müsste man wahrscheinlich juristisch überprüfen lassen, um festzustellen, ob ich mit meinem Gedankengang Recht habe. Wenn dem so ist, dann kann der Bischof die Kirche natürlich abreißen lassen, aber einen Neubau sehe ich skeptisch. Ein einfacher Protest wird nicht viel bringen, deshalb werde ich den Vertrag meiner Familie mit der Kirche von einem Notar überprüfen lassen. Das rate ich euch auch. Allerdings darf man sich die Sache nicht so einfach vorstellen. Welcher Notar oder Rechtsanwalt erstellt schon im katholischen Münsterland ein Rechtsgutachten zum Nachteil der Kirche?"

Bravo-Rufe wurden laut, dann die Bestätigung: „Das machen wir auch."

Geert Amdiek war an seinen alten Platz zurückgegangen und Sandra Kampeter lehnte sich unwillkürlich an ihn. „Ein verdammt gutes Gefühl", dachte sie und als er eine Hand auf ihre Hüfte legte, trat sie noch näher an ihn heran. Bernadette, die das Ganze beobachtet hatte, flüsterte Carmen etwas zu – auf Französisch – und beide gingen leise lächelnd noch einmal zum Backschinken zurück – mit Kartoffelpüree à la Bernadette.

„An diese Sandra könnte ich mich gewöhnen", resümierte Bernadette die augenblickliche Situation.

„Ich glaube auch, dass sie nicht allzu kompliziert ist", bestätigte CR.

Nach 22.00 Uhr wurde es dunkel, aber es wurde nicht leiser. Dazu kam plötzlich Musik und der Alkohol tat seine Wirkung. Aufgrund eben dieser Wirkung war Frau Oberkommissarin Kampeter irgendwann nicht mehr in der Lage, die Gespräche auf verdächtige Inhalte hin – bezüglich der dienstlichen Angelegenheit – zu verfolgen. Carmen ging es nicht viel besser, wurde aber von Bernadette mehr oder weniger erfolgreich bei der Zufuhr von Rotwein gebremst. Trotzdem war irgendwann Feierabend. Den beiden zuverlässigen jungen Herren wurden die Autoschlüssel übergeben und mit Hilfe von Bernadette wurde die Elite der Grevener Kriminalpolizei ins eigene Auto bugsiert. Dann war wenigstens bei Sandra Filmriss.

♥

Am Samstagmorgen versuchte die Oberkommissarin gegen 10.00 Uhr die Augen aufzumachen. Schnell wieder zu! Das Licht tat weh. Später versuchte sie es noch einmal. Es ging schon etwas besser. Dann bemerkte sie, dass jemand neben ihr lag: Carmen. Ein undeutliches „Ich bin schon wach" war zu hören.

„Weshalb liegst du bei mir im Bett?"

„Das ergab sich so. Weißt du nichts mehr?"

„Was soll ich wissen?"

„Nun, gestern Abend."

„Klar, wir waren zum Grillen bei Schulte Amdiek."

„Schulte Amdiek? Gestern Abend hast du ihn Geert genannt."

„Ich soll ihn…? Das glaub' ich nicht. Ist sonst noch etwas passiert?"

„Das kann man wohl sagen. Aber zu deiner Entschuldigung muss ich erwähnen, dass auch besagter Schulte Amdiek bestimmt nicht mehr nüchtern war."

„Hab ich ihn etwa …."

„Ich kann dich beruhigen. Du hast ihn nicht geküsst."

Ein tiefes Durchatmen.

„Du hast ihn abgeknutscht, ziemlich wild. Aber zu deiner Beruhigung: Er war genauso wild. Ich glaube, da haben sich Zwei gefunden. Bernadette ist übrigens sehr zufrieden."

„Bernadette? Ach ja, die Tochter. Dann habe ich mich ganz schön daneben benommen. Wie kann ich mich da entschuldigen?"

„Überhaupt nicht! Warum? Und daneben benommen? Wohl kaum. Der Schulte Amdiek ist doch ein erwachsener Mann. Er hätte doch Nein sagen können. Hat er aber nicht."

„Und wieso liegst du bei mir im Bett? Splitterfasernackt sozusagen?"

„Nicht nur sozusagen. Das ergab sich, weil du wieder zurück auf den Hof wolltest. Das hättest du aber nicht mehr geschafft. Und jemand musste dich ja festhalten."

Es klingelte.

„Das ist bestimmt dein Schulte Amdiek mit einem Blumenstrauß, er will dir einen Heiratsantrag machen."

Es klingelte schon wieder.

„Bleib liegen! Ich geh. Dein Gleichgewichtsgefühl ist arg lädiert."

Carmen verließ das Bett, wickelte sich in eine Decke und ging zur Tür. Kurz darauf kam sie mit einem ziemlich opulenten Blumenstrauß zurück: Rosen, rote Rosen mit einer Karte.

„Siehst du, ich hatte recht, oder fast recht. Nur dein Schulte Amdiek fehlte, es war nur ein Bote."

„Carmen, es ist zwar nicht das erste Mal, dass ich Blumen bekomme, aber ich bin nervös. Halte mich fest!"

Carmen hielt sie fest und Sandra öffnete mit zittrigen Fingern den Umschlag. Sie bekam einen Schluckauf, als sie die Nachricht las.

„Er ist sehr beeindruckt von mir."

„Das kann ich mir vorstellen. Eine Frau, die fast zwei Flaschen Rotwein vertilgt, ohne umzukippen, das beeindruckt auch einen westfälischen Hofbesitzer."

„Er will mich wiedersehen. Wann immer ich will. Bernadette lässt fragen, ob du mit ihr nach Münster fährst, heute Abend. Ein Film im Original, in französischer Sprache. Ich könnte dann mit ihm essen gehen. Falls ich möchte. Er würde sich freuen. Was mach ich jetzt?"

„Mein Gott, warum bist du plötzlich so unentschlossen? Gestern Abend wusstest du genau, was du wolltest."

„Nun ja, eigentlich finde ich ihn ja ganz nett. Um ehrlich zu sein, sehr nett sogar. Obwohl ich mir nur sehr schlecht vorstellen kann, auf einem Hof zu leben."

„Du bist schon beim zweiten Schritt. Fang doch mit dem ersten Schritt an. Er hat dich eingeladen. Was dann kommt, weißt du doch noch gar nicht. Ruf ihn heute Nachmittag an und sag Ja. Lass dich überraschen! Jetzt kannst du sowieso nichts machen. Bei deinem Restalkohol könnte das schwierig werden."

„Und weshalb liegen wir beide dann zusammen im Bett?"

„Frag nicht so viel. Erstens wolltest du ja wieder weg. Einer, besser eine, musste dich festhalten. Dann hattest du dauernd Angst, hinzufallen, obwohl du schon gelegen hast. Und drittens war es sehr nett."

„Ah?"

„Ja, ah! Wir sollten noch etwas schlafen, dann wird alles klarer."

♥

Erst gegen 15.00 Uhr wurde alles klarer. Sandra wusste, was sie zu tun hatte. Sie rief auf Hof Amdiek an und lud sich und Carmen für 16.00 Uhr ein. Aber zunächst wurde geduscht, ausführlich und abwechselnd warm und kalt – Pfarrer Kneipp lässt grüßen! Danach waren beide wieder fit.

„Wie habe ich es eigentlich in meinem Zustand bis in die Wohnung geschafft?"

„Gar nicht. Du hast doch nicht einmal das Schlüsselloch gefunden. Ich übrigens auch nicht. Aber wir hatten ja zwei sehr zuverlässige Droschkenkutscher, die uns nach Hause gefahren haben. Bernadette hatte recht: sehr zuverlässig. Als sie unser Dilemma sahen, haben sie die Tür geöffnet und uns nach oben getragen, und – zu deiner Beruhigung – sie sind sofort wieder gegangen."

Um 15.45 Uhr waren beide Damen bereit, die Einladung anzunehmen.

„Trägst du immer so enge, ich meine körperbetonte Hosen und Blusen oder ist das jetzt deine Jagdkleidung?"

„Nein, das ist normal bei mir, in der Freizeit."

„Und warum hat noch nie einer angebissen?"

„Bis jetzt haben nur einige geknabbert. Ich erkenne mich ja selbst kaum wieder. Was ist mit mir los?"

„Verliebt, verknallt? Du wirst es gleich sehen."

Um Punkt 16.00 Uhr standen die beiden Damen in Carmens Auto vor dem Tor des Amdiekschen Anwesens. Sandra wollte gerade aussteigen, um zu klingeln, als sich das Tor wie von Geisterhand öffnete. Bernadette, den Türöffner in der Hand, und ihr Vater traten aus der Eingangstür.

„Wie soll ich ihn denn jetzt begrüßen?", fragte Sandra etwas zögerlich.

„Du bist eine erwachsene Frau und kein 16-jähriges Mädchen. Dann weißt du, was du zu tun hast. Und merk dir eines: Fahrradfahren und Liebe haben eines gemeinsam: Man verlernt es nicht."

Leichter gesagt als getan. Aber Geert Schulte Amdiek sorgte sofort für Klarheit. Er nahm Sandra in den Arm und küsste sie zur Begrüßung. Überstanden! Gut überstanden! Sandra Kampeter fühlte sich wohl, sehr wohl sogar. Das ganze Wochenende war für sie ein durchgängiges Glücksgefühl.

♥

Montagmorgen, Dienstbeginn, das heißt Alltag. Sandra und Carmen saßen in ihrem Arbeitszimmer, als sich plötzlich die Tür öffnete – ohne ein Anklopfen und ein „Herein". Sandra hob nicht einmal den Kopf. Sie sagte nur: „Morgen, Gunnar, ausgeschlafen? Darf ich vorstellen: Carmen de la Rosa, Gunnar Moormann, unser Chef. Er hat hier das Sagen."

„Seit wann?", fragte der Herr Hauptkommissar zurück. „Gibt es denn etwas Erwähnenswertes?"

„Einen Mord, eventuell auch einen Jagdunfall. Das wissen wir noch nicht so genau."

„Und hast du den Mörder schon gefasst?"

„Kaum möglich. Der Mord geschah vor 60 bis 70 Jahren. Das Skelett des Toten ist leider erst jetzt und durch Zufall gefunden worden."

Dann erzählte Sandra Kampeter die gesamte Geschichte noch einmal. Danach stellte sie Carmen de la Rosa genauer vor.

„Hättest du lieber einen Er gehabt statt einer Sie – ich meine als Assistenten?", fragte der Chef.

„Einen Er hat sie schon", antwortete Carmen an Sandras Stelle, „allerdings nicht als Assistenten."

„Erzähl!", forderte Gunnar Sandra auf.

Sie erzählte wieder und man sah, dass der Herr Hauptkommissar immer entspannter wurde.

„Ich kenne den Hof Amdiek", sagte er. „Sehr sauber, sehr groß, schuldenfrei, sagt man. Ich glaube, es lässt sich dort sehr gut leben."

„So weit sind wir noch nicht. Ich wohne immer noch bei mir. Das heißt, zurzeit nicht alleine, Carmen wohnt bei mir. Sie sucht eine Wohnung."

„Sie kann ja warten, bis deine Wohnung frei wird."

„Jetzt reicht es aber. Noch entscheide ich alleine über mein Leben."

„Bist du dir da so sicher?"

Das Telefon unterbrach das Gespräch. Sandra nahm den Hörer ab und machte sich jede Menge Notizen. Ab und zu sagte sie „Aha" und „Wann" oder ähnliche Wörter. Dann legte sie auf und erklärte: „Das war die KTU. Sie haben einiges herausgefunden. Bei dem Toten handelt es sich um einen Mann, Anfang bis Mitte 30. Die Kugel, mit der er getötet wurde, hat an der Rippe Spuren hinterlassen, Metallspuren. Die sind jedoch so dürftig, dass man sich nur auf Vermutungen stützen kann: Jagdmunition. Die durchschlagene Rippe liegt jedoch in Herzhöhe, was einen Mord wahrscheinlicher erscheinen lässt. Deshalb fährt die gesamte KTU-Truppe noch einmal an den Fundort, um den Boden im Grab genauer zu untersuchen.

Und Carmen und ich besuchen jetzt diesem Öhm Uppenborg. Vielleicht kann er uns die Stelle zeigen, wo früher einmal Blumen niedergelegt wurden. Kommst du mit?"

„Nein, das machst du schon. Vielleicht musst du das demnächst immer alleine machen – mit weiblicher Unterstützung natürlich."

„Wieso?"

„Ich habe die Möglichkeit, auf die Polizeischule zu wechseln. Du rückst dann auf meinen Platz nach, Frau Hauptkommissarin. Aber da ist noch nichts spruchreif. Also zu keinem ein Wort."

Eine halbe Stunde später machten sich Sandra und Carmen auf den Weg zu Bernd Uppenborg. Die Adresse hatten sie von einem Kollegen, der wahrscheinlich jeden Bauern persönlich kannte.

Sie fuhren auf den Hof und sahen den Öhm – in Arbeitskleidung – auf einer Art Terrasse an einem Tisch sitzen, eine große Tasse Kaffee in der Hand.

„Ich trinke nur schwarz, dann wirkt das Zeug besser", begrüßte er sie. „Möchten Sie auch einen Kaffee?"

„Nein, danke, davon haben wir schon genug. Aber arbeiten Sie noch auf dem Hof mit?"

„Natürlich, ich kann ja nicht nur rumsitzen."

„Am Freitagabend haben Sie mir aber gesagt, dass Sie doch einige körperliche Probleme hätten."

„Das habe ich nur gesagt, damit ich einen Grund hatte, mich bei Ihnen einzuhaken. Körperliche Nähe von Frauen genieße ich immer noch."

Sandra und Carmen mussten laut lachen. Eine junge Frau erschien und rief: „Opa, kann ich noch etwas für dich tun?"

„Nein, nein, Luise. Es ist alles in Ordnung. Diese beiden Damen sind von der Polizei. Wahrscheinlich wollen sie von mir noch etwas über das Hünengrab wissen."

„Opa, hast du denn damals schon gelebt?"

Jetzt war Bernd Uppenborg sprachlos.

„Die ist wirklich nicht auf den Mund gefallen", meinte er, „das muss sie wohl von mir haben."

Jetzt guckten Sandra und Carmen etwas verdutzt.

„Keine Angst. Die Luise ist die Enkelin des Bauern, meines Bruders. Aber mein Bruder ist schon vor vielen Jahren gestorben. Scheiß Krebs. Auch deshalb musste ich auf dem Hof bleiben. Ich habe es ihm auf dem Sterbebett versprochen, denn keiner kennt sich hier so gut aus wie ich. Heute kümmere ich mich nur noch um die Schotten."

„Die Hochland-Rinder?", unterbrach Sandra ihn.

„Nein, die Galloways. Das sind die Schotten ohne Hörner. Die mit Hörnern werden Hochland-Rinder genannt. Aber beide Rinder-Arten können ganzjährig auf der Weide gehalten werden. Geert hat schon vor vielen Jahren umgestellt, von Milchwirtschaft auf Fleischproduktion. Neben den Schotten hat er noch Franzosen, Charolais-Rinder. Ackerbau nur für den Futterbedarf der eigenen Rinder. Das ist nicht so zeitintensiv wie Milchwirtschaft. Aber was wollen Sie denn nun wissen?"

„Herr Uppenborg, würden Sie die Stelle wiederfinden, wo früher einmal Blumen niedergelegt wurden?"

„Ich glaube schon. Wir können es ja einmal versuchen."

Der Versuch war erfolgreich. Es war – wie zu erwarten – die Stelle, wo jetzt wieder die KTU beschäftigt war.

„Tag, Männer", begann Sandra das Gespräch, „schon fündig geworden?"

„Wir haben die Fundstelle komplett ausgekoffert und sieben gerade alles durch. Aber wir wurden fündig. Guck mal hier, Frau Chef, von der Länge her wahrscheinlich Jagdmunition. Wenn so ein Geschoss aber im Körper des Toten hängengeblieben ist, dann muss aus einer sehr großen Entfernung geschossen worden sein. Das spricht eher für Jagdunfall. Bedenkt man aber, wo das Geschoss in den Körper eingetreten ist, ist Mord wahrscheinlicher. Ein verzwickter Fall. Man muss sich auch fragen, weshalb wurde das Opfer hier begraben und nicht in einem ordentlichen Grab? Irgendwo muss irgendjemand fehlen. Doch das sind Fragen, die du beantworten musst. Wir leisten nur Beihilfe. Aber du schaffst das."

„Das ist ja beruhigend, wenn du das so sagst."

„Wir haben hier noch andere Relikte gefunden, die aber erst genauer analysiert werden müssen. Du könntest uns trotzdem mit deiner reizenden Begleitung bekannt machen."

„Carmen de la Rosa, genannt CR, meine Assistentin. Hobby : Kickboxen."

„Aber ich beiße nicht", ergänzte Carmen.

Sie brachten Bernd Uppenborg zurück auf seinen Hof, genauer zu einer Weide in der Nähe des Hofes.

„Hier steht ein Teil unserer Schotten. Wir haben noch eine zweite Herde, natürlich nicht so viele Rinder wie bei Geert. Der hat vier große Herden Galloways und dann die Charolais. Für die Schotten braucht man keine Stallungen, vielleicht einen Unterstand, das reicht. Die Franzosen kommen im Herbst rein."

Dann erzählte der Öhm weiter, stellte Vor- und Nachteile beider Rassen vor und erklärte genau, woran man die Qualität der verschiedenen Rinder erkennen kann.

Als die beiden Damen wieder in ihrem Auto saßen, meinte Carmen: „Jetzt weißt du schon eine ganze Menge über Rinder.

Wenn du dich mit Geert unterhältst, stehst du nicht mehr so dumm da. Wissen macht Eindruck."

„Aber woher soll Öhm Bernd denn wissen, dass zwischen Geert und mir etwas läuft? Das weiß ja ich noch nicht einmal."

„Dann wird es Zeit, dass du dir Gewissheit verschaffst. Sonst schlafen die Gefühle zum Schluss noch ein."

„Dann fahren wir sofort bei ihm vorbei. Dienstlich."

Frau Elten schickte sie zu einer der Galloway-Herden. Geert stand mitten auf der Weide bei einem Bullen. Sandra und Carmen kletterten vorsichtig über den Zaun und näherten sich den beiden.

„Darf ich vorstellen: Heinrich VIII., der König dieser Herde."

„Er sieht aber nicht sehr königlich aus", antwortete Sandra.

„Nein, ich hätte mich mehr um die Maulwurfshügel kümmern sollen. Heinrich hat wohl in eines der Löcher getreten und jetzt lahmt er und kann seiner Arbeit nicht mehr nachgehen."

„Dieser XXL-Ostfriese zog dann immer am Bein", brachte Sandra ihr Fernsehwissen ein.

„Wenn du den Kopf hältst, will ich es versuchen. Carmen kann ihm ja in die Augen sehen. Vielleicht hilft es."

Es half und Heinrich trottete wieder in Richtung seiner Kühe.

„Sag mal, Geert", begann Sandra den dienstlichen Teil des Besuchs, „war es eigentlich schwierig so um 1950 an ein Jagdgewehr zu kommen? Gab es damals noch Einschränkungen?"

„Da fragst du genau den Richtigen. Wie du vielleicht weißt, bin ich Jahrgang 1980. Ich weiß also aus eigenem Erleben überhaupt nichts. Aber glaub nicht, dass 1945 alle Bauern, nur weil die Engländer es wollten, ihre Jagdwaffen abgegeben haben. Sie haben sie lediglich versteckt. Das einzige Problem war wahrscheinlich die Munition. Doch Anfang der 1950er Jahre gab es keine Beschränkungen mehr. Aber wieso fragst du? War euer Toter Opfer eines Jagdunfalls?"

„Sicher ist das nicht, aber diese Möglichkeit müssen wir in Betracht ziehen."

„Und die Kugel habt ihr gefunden?"

„Ja. Und das kommt mir spanisch vor."

Carmen musste lachen.

„Ich habe mir schon gedacht, dass hier irgendetwas nicht stimmt", ergänzte sie. „Wie weit muss der Schütze vom Opfer entfernt sein, dass der Schuss tötet, die Kugel aber im Körper steckenbleibt?"

„Schwer zu sagen", antwortete Geert. „Wir schießen hier ab und zu auf Wildschweine. Seitdem der Kanal verbreitert wurde und flache Ufer bekam, machen die Biester immer häufiger rüber. Bei denen bleibt die Kugel manchmal stecken. Und das schon auf 200m Entfernung oder auch viel weniger. Aber das ist nur ein schlechter Vergleich mit einem Menschen. Da hat die Polizei doch wahrscheinlich Möglichkeiten, so etwas festzustellen."

Etwas klüger, aber trotzdem ratlos, verließen die beiden Kripobeamtinnen den Landwirt Geert Amdiek.

Zurück in ihrem Büro erwartete sie schon ein neugieriger Hauptkommissar.

„Na, ihr beiden, seid ihr klüger geworden?"

„Das waren wir schon vorher", antwortete Carmen, „aber uns fehlt die Lebens- und Berufserfahrung eines Hauptkommissars."

„Die gleicht ihr durch weibliche Intuition aus. Ich habe aber etwas für euch. Man hat das Skelett noch einmal von einem Pathologen untersuchen lassen, und der hat festgestellt, dass der Tote eine Lippen-Kiefer-Gaumen-Spalte besaß, die operativ korrigiert wurde, sehr gut korrigiert wurde."

„Die Frage lautet also: ‚Welcher Mittdreißiger aus Greven, mit operierter LKG-Spalte, verschwand Anfang der 1950er Jahre spurlos?' Dabei stört mich das Wort ‚spurlos', denn wo soll man suchen, wenn es keine Spur gibt?", brachte es Sandra auf den Punkt. „Denn einen hier ansässigen Zahnarzt zu fragen, ob er irgendwann einmal einen Jungen mit LKG-Spalte behandelt hat, der später verschwunden ist, das ist vergebene Liebesmüh."

„Warum?", fragte Gunnar Moormann.

„Überlege einmal das Alter! Unser Opfer wurde um 1920 geboren. Der Arzt, der die Operation durchführte, wurde vor 1900 geboren. Da lebt niemand mehr."

„Stimmt!", ergänzte Carmen. „Aber jeder Mann vom Jahrgang 1920 war bei den Preußen, wurde gemustert und war wahrscheinlich Kriegsteilnehmer. Eine Gaumenspalte ist ganz bestimmt in den Musterungsakten festgehalten. Und wie ich die deutsche Bürokratie kenne, habt ihr all diese Akten aufbewahrt."

„Du scheinst uns gut zu kennen", meinte Kriminalhauptkommissar Moormann. „Früher hätte man gesagt: ‚Ruf beim Kreiswehrersatzamt an.' Aber diese Institutionen gibt es nicht mehr. Ich kann mir allerdings vorstellen, dass diese Akten noch irgendwo liegen, vielleicht in einem Archiv oder ganz einfach in einem Keller."

„Aber überlegt einmal, Musterungsakten vom Ende der 30er Jahre", entgegnete Sandra Kampeter, „das könnte schwierig werden. Da rufen wir doch einfach einmal bei der Bundeswehr an. Mehr als lächerlich machen können wir uns nicht."

„Wo denn? ‚Bei der Bundeswehr', das ist ein vager Begriff. Versuchs doch einfach bei der von der Leyen. Doch halt. Stopp! Wir haben einen Kollegen, der vor seinem Polizeidienst beim Bund war. Vielleicht hat der eine Ahnung, an welche Stelle man sich wenden kann."

Dieser Kollege hatte eine Idee und er telefonierte, wurde dauernd weiterverbunden, schüttelte zum Schluss den Kopf.

„Nichts zu machen, diese Unterlagen gibt es einfach nicht mehr. Vernichtet, verschollen. Keiner weiß da Bescheid."

Es war eben einen Versuch wert gewesen, doch das Ergebnis war deprimierend. Münster war zwar eine größere Garnisonsstadt gewesen, mit allem, was dazu gehört, aber diese militärischen Einrichtungen waren auch Ziel der alliierten Bombenangriffe im 2. Weltkrieg gewesen. Das, was übrig blieb, wurde von den englischen Besatzern beschlagnahmt, denn bei Musterungsergebnissen handelte es sich schließlich um bedeutende militärische Geheimnisse.

Die Idee war im Prinzip gut, aber auch wenig realistisch gewesen, bedenkt man die Situation nach 1945. Es dauerte fast zehn Jahre, bis wieder Musterungen für den Aufbau der neuen Bundeswehr durchgeführt wurden. Bis dahin hatte man militärische Unterlagen eher vernichtet als gesichtet. Schließlich können Unterlagen manchmal verräterisch sein. Drei Kriminalisten waren etwas ratlos.

„Was wir brauchen ist ein Geistesblitz", meinte schließlich Gunnar Moormann.

„Oder weibliche Intuition", ergänzte Carmen de la Rosa.

Pause, eine lange Pause. Dann meldete sich Sandra Kampeter mit weiblicher Intuition zu Worte: „Und wenn wir umgekehrt vorgehen?"

♥

Der Kirchenabriss stand laut letzten Medienberichten kurz bevor. In Greven tobte ein Leserbriefkrieg – keine Auseinandersetzung mehr – zwischen Gegnern und Befürwortern des Abrisses von St. Josef. Die Argumente hatten die moralische Gürtellinie längst unterschritten. Einem theoretisch objektiven Leser musste die Auseinandersetzung seltsam vorkommen. Ein Glaubenskrieg im 21. Jahrhundert in Greven?

Dann platzte eines Tages die Bombe. Geert Schulte Amdiek hatte einen kurzen Leserbrief verfasst und die einfache Frage gestellt: „Wem gehört eigentlich der Grund und Boden, wenn St. Josef nicht mehr steht?"

Das saß. Fast eine Woche lang folgten keine Briefe mehr zum Thema Kirchenabriss. Fingen die Leute an nachzudenken? Wohl kaum! Denn danach ging es umso heftiger zur Sache. Da Amdieks Leserbrief von mehreren Landwirten mitunterzeichnet war und mitgetragen wurde, war hier plötzlich eine neue Feindgruppe entstanden: die Bauern. Diese sollten sich doch gefälligst aus der Diskussion raushalten, sie würden doch wohl von der EU genügend bezuschusst. Da müssten sie sich doch nicht noch in kirchliche Angelegenheiten einmischen.

Die Antwort kam prompt. Nicht von den angegriffenen Landwirten, sondern von den Gegnern des Abrisses. Das Niveau sei nun wirklich unterirdisch, man müsse sich fragen, ob die Schule hier nicht völlig versagt habe.

Das rief nun wiederum eine weitere Gruppe von Leserbriefschreibern auf den Plan: die Lehrer. Dadurch wurde das Niveau der Auseinandersetzung kurzfristig leicht angehoben, doch nicht auf Dauer. Zudem entfernte man sich inhaltlich doch beträchtlich vom eigentlichen Thema.

In den Nachbarstädten Grevens wunderte man sich über die hiesige Streitkultur. Die Abwandlung eines Asterix-Zitats „Delirant esti Cheruscii" – Grevener = Cherusker – brachte es nun auf den Punkt: Hier spinnen alle.

♥

„Was meinst du mit umgekehrt vorgehen?", fragte Gunnar Moormann zurück.

„Nun ja", versuchte Sandra Kampeter zu erklären, „wir sollten einmal untersuchen, wo damals so komplizierte Operationen durchgeführt wurden. Ich vermute in der Universität, dem heutigen UKM. Krankenhäuser und Kliniken wurden im 2. Weltkrieg in der Regel nicht bombardiert. Vielleicht gibt es dort noch Unterlagen?"

„Wen willst du darauf ansetzen? So eine Recherche ist extrem zeitaufwändig. Deine Kollegin wird sich bedanken", stoppte Gunnar Moormann die aufkommende Euphorie."

„Das kann ich mir vorstellen", gab Sandra Kampeter zu, „wir wissen nicht, wie so ein Archiv aufgebaut ist, falls es dort überhaupt ein System gibt. Aber ich spekuliere auf berufsfremde Hilfe."

„Und an wen denkst du?"

„Deine von dir heißgeliebte Lebensgefährtin oder Freundin oder wie auch immer du sie bezeichnest..."

„Stopp!", unterbrach Gunnar Moormann den Eifer seiner Kollegin, „die hat davon keine Ahnung."

„Das ist mir klar", beschwichtigte Sandra Kampeter ihren Dienstvorgesetzten, „aber die hat einen Sohn und der hat eine Freundin, die Medizin studiert. Und diese Dame ist äußerst clever. Wenn jemand uns helfen kann, dann ist es diese Frau. Das sagt mir meine weibliche Intuition."

„Die willst du einspannen?"

„Warum nicht? Im Internet sagt man dir vieles, jedoch nichts, was uns im Augenblick weiterhelfen könnte."

„Dann versuch es einfach einmal und folge deiner weiblichen Intuition. Clever ist diese Dame auf jeden Fall."

♥

Münster, Prins-Claus-Straße. Seit einigen Jahren wohnten dort Rick Odenthal, der „Sohn" von Elsa, der Lebensgefährtin von Gunnar Moormann mit seiner Freundin Greta Carlsson. „Sohn", weil er eigentlich ihr Neffe war, aber nach dem frühen Tod seiner Eltern bei seiner Tante Elsa aufgewachsen ist. Er hatte seine erste berufliche Karriere als Privatdetektiv hinter sich gelassen und arbeitete als Geschäftsführer in den beiden Haushalts- und Eisenwarengeschäften seiner Großeltern. Sie, Greta, hatte sich nach Versuchen als Rocksängerin – was sie bei Gelegenheit immer noch gerne tat – und Köchin, was Rick zu einem Feinschmecker werden ließ, für ein Medizinstudium entschieden.

Es war erst 6.30 Uhr, doch Greta Carlsson hatte schon ihr Bett verlassen. Rick Odenthal schaute ihr interessiert zu.

„Guck gut hin, denn demnächst wird sich meine Figur verändern."

„Wieso?"

„Schwangerschaft."

„Wie? Aber, da weiß ich ja nichts von."

„Das kannst du auch nicht wissen, denn so weit ist es noch nicht. Du könntest jedoch deine Ausdrucksweise etwas verbessern. ‚Da weiß ich nichts von.' Wie klingt das denn? ‚Davon weiß ich nichts' hört sich viel besser an. Was sollte unser Kind von dir denken?"

„Komm aufs Thema zurück!"

„Erinnerst du dich noch, wo ich letzte Woche war?"

„An der Uni, wie immer."

„Aber ich war auch bei meinem Gynäkologen. Der war begeistert von mir."

„Das bin ich doch auch, sogar tagtäglich."

„Der Arzt aber in seiner Funktion als Gynäkologe."

Rick schaute etwas verständnislos auf seine „Frau".

„Er meinte, ich sei im idealen Alter für eine erste Schwangerschaft. Ich habe überhaupt keine Lust, erst mit 42 Jahren Mutter zu werden, nachdem ich 20 – 30 Bücher über Kindererziehung gelesen habe."

„Aber darüber sollten wir reden und es gemeinsam beschließen."

„Das tun wir doch gerade."

„Oh, das habe ich gar nicht bemerkt. Vielleicht sollten wir vorher heiraten."

„Da bin ich ganz deiner Meinung. Soviel ich weiß, hast du schon vor langer Zeit einen Ring gekauft, und seit Monaten versteckst du vor mir eine Flasche Champagner. Nicht dieses Formel 1 Zeug, sondern richtig guten, den, den James Bond, als er noch von Sean

Connery gespielt wurde, immer bestellte. Es fehlen nur noch die Rosen. Die wirst du doch wohl auf die Schnelle besorgen können."

Rick war platt.

„Woher weißt du das alles?"

„Ich möchte keinen geheimnisvollen Unbekannten heiraten, der jeden Tag ein neues Geheimnis offenbart. Gut, ein paar Geheimnisse müssen bleiben, das macht die Ehe spannend."

„Wieso kommst du jetzt auf die Idee, meinen Antrag anzunehmen?"

„Ich glaube, es ist der richtige Zeitpunkt. Mein Physikum habe ich mit ausgezeichneten Ergebnissen bestanden. Elsa würde eine begeisterte Oma abgeben, und deine Jugendfreundin Uschi wird bestimmt montags, wenn sie ihren Salon geschlossen hat, gerne Tante spielen. Außerdem gibt es eine Kita in der Uni, und du könntest dich mit einem freien Tag einbringen. Das schaffen wir! Leicht sogar."

Rick rieb sich Augen und Ohren. Hatte er richtig gehört? Nach vier Jahren war Greta bereit, seinen Antrag anzunehmen. Mit allen Folgen. Was sollte er sagen?

„Das mit den Rosen schaffe ich, den Rest auch."

Das Telefon störte die konkreten Zukunftsplanungen der beiden. Greta nahm den Hörer ab und war dann gut zehn Minuten mit ihrem Gesprächspartner beschäftigt.

Dann sagte sie: „Rick, wir bekommen am Freitagabend Besuch von der Kripo aus Greven. Du erinnerst dich bestimmt noch an die junge Kollegin von Gunnar Moormann, Sandra Kampeter. Sie besucht uns mit einer neuen Kollegin."

„Weshalb?"

„Sie hat bei einem lange zurückliegenden Mordfall ein medizinisches Problem. Das möchte sie mit mir erörtern."

47

„Sie hält dich für ein medizinisches Genie?"

„Nein, aber für hartnäckig und clever."

„Da hat sie recht."

„Es ist nur ein Gespräch, vielleicht führt es ja zu nichts. Doch das kann man nicht am Telefon besprechen. Und denk an die Rosen!"

Rick dachte an die Rosen und bekam auch seine Mini-Rede – fünf Sätze – ohne zu Stocken hin. Greta sagte Ja, fragte dann aber: „Weshalb so ein sündhaft teurer Champagner?"

„Es gibt Frauen, bei denen muss es Champagner sein. Und ich kenne eine Frau, bei der muss es eben ein sündhaft teurer Champagner sein."

♥

Am Freitagmittag trafen sich Greta und Rick – wie fast jede Woche – zum gemeinsamen Einkauf in Münsters „Guten Stube", dem Prinzipalmarkt.

„Wir brauchen etwas für heute Abend", murmelte Greta, „etwas Essbares."

Damit war sie in ihrem Element. Kochen war immer noch ihre Leidenschaft. Am liebsten tat sie es alleine. Beim Einkaufen war Rick jedoch eine tatkräftige Hilfe, er übernahm eine tragende Funktion. Irgendwann versuchte er zu bremsen.

„Wer soll das alles essen? Es kommen nur zwei Personen."

„Wer weiß? Außerdem kann man das, was ich kochen werde, gut einfrieren."

Greta blieb plötzlich vor einem Schaufenster mit Kinderwagen und Babyausstattung stehen.

„Guck mal, Rick. Die Preise für Kinderwagen laufen ganz schön aus dem Ruder."

Doch Rick hatte gar nicht zugehört. Er sah einem Mädchen oder einer jungen Frau nach, die gerade an ihnen vorbeigegangen war. Deren Kinderwagen konnte mit denen aus dem Geschäft keinen Vergleich standhalten. Auch die Kleidung der jungen Frau hatte schon bessere Tage gesehen.

Rick schaute noch einmal richtig hin und sagte schließlich: „Jenny, bist du es?"

Die junge Frau drehte sich um, sah ihn an und ein Lächeln huschte über ihr Gesicht. Dann zerbrach das Lächeln und man hörte ein zaghaftes „Ja, Rick, ich bin es". Eine kleine Pause, dann: „Kannst du mir helfen, bitte?"

„Ja, natürlich, worum geht es?"

„Um mein Kind."

Greta hatte sich dem Kinderwagen genähert und schaute hinein: „Guck, Rick, darum geht es."

„Ja, ich weiß, das hat Jenny doch gesagt. Ach so, darf ich vorstellen: Jennifer Steinschneider, meine Frau Greta Carlsson, also noch nicht, aber bald. Greta, du weißt, wo Elsa wohnt. Daneben wohnte Uschi mit ihren Eltern. Noch ein Haus weiter Jenny mit ihren Eltern."

„Wohnte", sagte Jenny, „seit der Scheidung meiner Eltern wohne ich mal hier, mal da. Das Haus wurde nämlich verkauft."

„Und wie kann ich dir jetzt helfen?", fragte Rick.

„Ich weiß es nicht. Auf jeden Fall bin ich am Ende. Ich kann nicht mehr."

„Der Vater des Kindes? Deine Eltern?"

„Als ich dem Vater meiner Kleinen von meiner Schwangerschaft erzählte, sagte er nur: ‚Es heißt doch ,die' Schwangerschaft, also weiblich. Bin ich weiblich?' Dann verschwand er auf Nimmerwiedersehen. Und die Scheidung meiner Eltern war eine sehr schmutzige Scheidung. Unser Haus wurde verkauft, meine Mutter meinte, sich auf Ibiza als Hippie verwirklichen zu müssen, und mein Vater lebt mit seiner neuen Freundin, die nur wenig älter ist als ich, irgendwo in Europa – sein neues Haus ist ein Wohnmobil. Ich störte bei den neuen Lebensplanungen und blieb übrig. In meiner Naivität glaubte ich an den Wert der Familie. Jetzt stehe ich hier, ohne Unterkunft, ohne Geld. Hilf mir!"

Jetzt mischte sich Greta ein: „Das wird er bestimmt tun, denn Rick bereitet sich gerade auf ein Leben in der Familie vor. Was brauchst du?"

„Alles, was ich besitze, trage ich mit mir rum."

„Dann fehlt es an allem. Rick, wie wäre es mit einem vernünftigen Kinderwagen? Wir brauchen dann eine Wickelkommode und ein Kinderbett. Jenny, du wohnst zunächst einmal bei uns. Wir haben ein Gästezimmer, das zurzeit leer steht. Dann brauchst du Kleidung, und der Kleinen fehlt auch einiges. Wie heißt sie überhaupt?"

„Julia."

Greta sah Rick an: „Los, Romeo, nimm deine Julia einmal auf den Arm, damit du ein Gefühl für Familie bekommst."

Rick folgte der Aufforderung und meinte: „Mein Familiengefühl sagt mir, dass die Pampers voll sind."

Danach übernahm Rick für zwei Stunden wieder tragende Funktionen. Die Möblierung des Gästezimmers wurde auf Mutter-Kind-Zimmer erweitert. Jenny und Julia wurden komplett neu eingekleidet, und ein Großraumtaxi beförderte alles in die Prins-

Claus-Straße. Dort durfte Rick dann schrauben, während Jenny und Julia sich der Körperpflege widmeten. Danach sahen beide um Welten besser aus. Greta kochte für den Abend.

Als Rick mit Julia auf dem Arm die Küche betrat, forderte Greta ihn auf: „Beschreib' einmal dein Gefühl." Bevor er damit beginnen konnte, betrat Jenny die Küche.

„Rick, als ich dich bat, mir zu helfen, dachte ich an 20 oder 50 €. Jetzt richtet ihr für uns ein komplettes Zimmer ein. Wie kann ich das je wieder gut machen?"

„Das ist schon in Ordnung. Rick hilft gerne, wenn er kann. In diesem Fall muss er es sogar. Ich glaube, das nennt man Nachbarschaftshilfe. Wir erwarten unser erstes Kind innerhalb der nächsten zwei Jahre. Jetzt können wir testen, was noch fehlt. Was dir fehlt, das sieht man: ein paar Kilo an Gewicht. Sonst ist das bald nichts mehr mit dem Stillen. Und die Kleine braucht laufend Nachschub. Was ich gerade koche, ist ziemlich kalorienlastig. Du isst etwas mehr, wir etwas weniger."

♥

Um 18.00 Uhr klingelte es an der Eingangstür. Rick, mit Julia auf dem Arm, öffnete die Tür und sah sich zwei sehr überraschten Kriminalbeamtinnen gegenüber.

„Ihr habt Nachwuchs?", fragte Sandra, „davon habe ich ja nichts gewusst."

„Nein, nein", antwortete Rick, „ich schmücke mich mit fremden Federn. Wir haben zurzeit Besuch. Aber nimm einmal, das ist ein tolles Gefühl."

Damit hielt Frau Oberkommissarin Kampeter plötzlich ein Baby auf dem Arm.

„Nun ja, auch daran kann man sich gewöhnen", war ihr Kommentar, „sehr gut sogar."

Eine halbe Stunde später saßen fünf Erwachsene am Tisch und aßen mit großem Vergnügen, was Greta zubereitet hatte. Julia ernährte sich auf die natürlichste Weise der Welt.

„Meine Kollegin Carmen und ich sind eigentlich nicht gekommen, um uns hier beköstigen zu lassen oder um ein Baby zu bewundern. Obwohl beides angenehm ist. Eigentlich benötigen wir ein paar Informationen von Greta, medizinische Informationen."

„Jeder ausgebildete Arzt wäre da wahrscheinlich eine bessere Informationsquelle", entgegnete Greta. „Doch um was geht es?"

„In Greven, genauer gesagt in den Wentruper Bergen, wurde durch Zufall ein steinzeitliches Grab gefunden. Bestimmt 4000 Jahre alt. Allerdings befanden sich in dem Grab auch Knochenreste einer Leiche aus den 1950er Jahren. Am Schädel dieses Skeletts entdeckten die Pathologen eine operierte LKG-Spalte. Dieser Mann muss um 1920 geboren sein. Zunächst haben wir versucht, über Musterungsakten an den Namen dieses Mannes zu kommen. Doch das war vergebliche Liebesmüh. Alle diese Unterlagen scheinen durch die Bombenangriffe während des 2. Weltkriegs vernichtet worden zu sein. Das wäre das Einfachste gewesen. Dann kam uns die Idee, nach Krankenhäusern zu forschen, wo man um 1920 diese Operationen durchgeführt hat. Immerhin wissen wir, dass schon seit der Mitte des 19. Jahrhunderts solche Operationen durchgeführt wurden."

„Ach, und da dachtet ihr an die Uni, heute UKM."

„Genau. Solche Operationen wurden doch wohl nur von hochgradigen Spezialisten durchgeführt."

„Richtig, aber trotzdem falsch. Die medizinische Fakultät in Münster gibt es erst seit 1925. Vorher gab es hier nur Theologie und Philosophie. Diese Spur führt ins Leere."

Den beiden Kripobeamtinnen verging fast der Appetit, wenn das Essen nicht so gut geschmeckt hätte. Julia hatte sich fast durchgehend bei Mama bedient und war äußerst zufrieden. Mama Jenny war ebenfalls zufrieden: Tochter war satt, Mama war satt. Deshalb beschloss sie, sich am Gespräch zu beteiligen: „Ich weiß nur von einem Mann in Greven aus den 50ern, der eine operierte LKG-Spalte hatte."

„Woher willst du das wissen?", fragte Rick. „Da hast du doch noch gar nicht gelebt."

„Ich nicht, aber meine Oma. Und die muss eine ganz heiße Tante gewesen sein. Sie hatte ein ziemlich wildes Verhältnis mit einem Mann, der eine allerdings kaum sichtbare OP-Narbe hatte. Die war bestimmt gut operiert worden, denn auf den Fotos, die ich gesehen habe, konnte man lediglich einen hellen Strich erblicken. Er kam übrigens vom Lande, war Hoferbe, verschwand dann aber aus Gründen, die ich nicht kenne, nach Kanada."

„Wie hieß er?", fragte Oberkommissarin Kampeter.

„Amdiek, Schulte Amdiek."

„Wie?"

„Amdiek! Kennt ihr den Hof nicht? Ganz im Norden von Greven."

Jetzt guckten die beiden Kripobeamtinnen sich völlig entgeistert an.

„Kennen wir, sogar sehr gut", antwortete CR, „schließlich wurde die Begräbnisstätte auf dem Boden der Amdieks gefunden. Bist du etwa mit den Amdieks verwandt?"

„Ganz bestimmt nicht. Soviel weiß ich aufgrund unseres Familienstammbuchs sehr genau. Die Affäre meiner Oma blieb ohne Folgen, war aber über Wochen und Monate Stadtgespräch. Das müssten ältere Grevener der Polizei bestätigen können. Aber was haben ein Kanada-Auswanderer und das jetzt gefundene Skelett miteinander zu tun? Allerdings ist es schon ein ungeheurer Zufall, dass um 1950 zwei Grevener mit operierter LKG-Spalte von der Bildfläche verschwinden. Oder?"

„Ob man das noch Zufall nennen kann, wage ich zu bezweifeln", entgegnete Oberkommissarin Kampeter. „Wer hat denn behauptet, dass dieser Hoferbe nach Kanada ausgewandert ist?"

„Ich kenne die Jugendsünden meiner Oma natürlich nicht im Detail. Deshalb kann ich nur das erzählen, was ich aus den Erzählungen in der Familie mitbekommen habe. Meine Oma stand plötzlich ohne Liebhaber da. Abgesetzt hat er sich, hieß es in unserer Familie. Vielleicht auf Druck der eigenen Familie. Man kann sich ja vorstellen, dass es damals bei den Amdieks hoch herging: Der Erbe von einigen Hundert Hektar Ackerland und die Erbin eines Gemüsegartens von 800 Quadratmetern? Das geht ja wohl gar nicht. Großbauer heiratet Kleingartenbesitzerin! Das ging damals überhaupt nicht. Heute wahrscheinlich auch nicht. Meine Oma hat übrigens nie wieder von ihm gehört. Kein Brief, nichts!"

„Nicht gerade die feine englische Art. Und deine Oma, weiß die eventuell etwas?"

„Bestimmt! Aber dafür ist es zu spät. Sie ist vor 5 Jahren verstorben. Aber fragt doch die Amdieks, die müssen das wissen. Ein Stadtgespräch kann man doch nicht einfach verleugnen. Was war oder ist daran auch so schlimm? Die heutigen Hofbewohner haben doch damit nichts zu tun. Die Geschichte hat sich vor ungefähr 65 Jahren ereignet."

„Ich glaube, darüber müssen wir erst einmal intensiv nachdenken", sagte Oberkommissarin Kampeter.

Julia war eingeschlafen, auf Ricks Arm. Jenny strahlte, Greta strahlte, die beiden Kripobeamtinnen strahlten gar nicht mehr. Sie waren nachdenklich geworden. Ausgerechnet die gefühlsmäßig nahestehende Familie Amdiek sollte jetzt von der Skelett-Affäre betroffen sein? Gut, nicht die augenblickliche Generation, aber immerhin die Vorfahren, ein paar Generationen früher. Und was heißt betroffen? Der Fantasie bot sich hier viel Spielraum. Während der Rückfahrt nach Greven fing diese Fantasie an zu spielen.

„Wir sollten am Montag als erstes Bernd Uppenborg aufsuchen", schlug CR vor. „Der ist vom Alter her der Einzige, der sich an den damaligen Hoferben Amdiek erinnern könnte."

„Richtig", stimmte Sandra Kampeter zu. „Wir können bei den Amdieks nicht mit der Tür ins Haus fallen und einen DNA-Test vorschlagen. Es geht hier allerdings um einen Toten, der nicht auf friedliche Art und Weise aus dem Leben geschieden ist, also um Mord. Auf jeden Fall ist diese Möglichkeit die Wahrscheinlichere. Und was ist, wenn es überhaupt keine zwei verschwundenen 30-Jährige gibt, sondern nur einen? Dann ist niemand ausgewandert, er wurde ermordet, und dann ‚entsorgte' man ihn in diesem Hünengrab."

„Darüber sollte wir zu diesem Zeitpunkt gar nicht nachdenken. Wir brauchen Fakten. Deshalb geht es am Montag zu Öhm Bernd", ergänzte Carmen.

♥

In der Wohnung von Greta und Rick war es etwas lauter geworden. Julia war aufgewacht, nicht aufgrund eines allzu menschlichen Hungergefühls oder weil die Windeln voll waren, es war wahrscheinlich nur Langeweile: Der Kinderwagen bewegte sich nicht, niemand trug sie auf dem Arm durch die Wohnung, da muss man auf sich aufmerksam machen. Die beiden Frauen beschlossen, Rick mit den Beruhigungsmaßnahmen zu betrauen. Nur seinen Vorschlag, einen Spaziergang mit Julia im Kinderwagen bei völliger Dunkelheit machen zu wollen, lehnten sie vehement ab. So nahm er die Kleine auf den Arm und drehte langsam Runde um Runde im Wohnzimmer, leise Kinderlieder summend. Das half. Nach einer Viertelstunde schlief Julia wieder fest, und er konnte sie in ihr Bettchen legen, ohne dass Jenny wach wurde. Auch Greta schlief fest, murmelte aber etwas Unverständliches und drehte ihm den Rücken zu.

Am Samstagmorgen – es war bereits 10.00 Uhr – klingelte Sandras Smartphone. Carmen war auf dem Markt, Kleinigkeiten einkaufen, wie sie sagte. Sie wollte kochen, nach Rezepten ihrer Mutter: original spanische Tapas und ein Essen, das Sandra auch bei der zweiten Nachfrage nicht verstand. Mit viel Geschmack, aber auch scharf. Der Störenfried am Handy war Rick. Jenny hatte in einem Briefumschlag in ihrem Rucksack ein Foto gefunden, ihre Oma mit Hoferben Amdiek. Rick wollte es ihr zumailen.

„Einen Gruß an Julia", fügte Sandra noch hinzu.

Rick fing an zu lachen. „Den Gruß werde ich ausrichten, denn ich gehe jetzt mit der jungen Dame spazieren, zwei Stunden frische Luft würden der Kleinen gut tun, meinen die Damen."

Das eingescannte Foto erreichte Sandra, die es auf dem Computer vergrößerte. Man sah lediglich zwei Personen, Jennys Oma, eine in der Tat sehr schöne Frau und den Hoferben Amdiek, bei dem man bei genauerem Hinsehen auf der Oberlippe eine dünne Narbe sehen konnte. Jetzt allerdings eine Ähnlichkeit mit Geert Amdiek zu erkennen, war nicht möglich. Das Foto gab einfach nicht mehr her. Es war allerdings beschriftet: Conny und Enno, Herbst 1951. Jennys Oma hieß also Conny und Enno hieß so wie sein Vater, den ersten Amdiek auf dem Hof. Sandra druckte das Bild in verschiedenen Größen aus und wartete auf Carmens Rückkehr.

♥

Am Montagmorgen fuhren Sandra und Carmen zu Bernd Uppenborg. Sie fanden ihn wieder mit einer großen Tasse Kaffee auf der Terrasse. Sandra zeigte ihm das vergrößerte Foto und fragte direkt: „Kenne Sie die?"

„Natürlich. Erinnern Sie sich noch an unser erstes Gespräch auf dem Grillabend? Ich hatte gesagt, es wäre besser gewesen, wenn man den Schädel nicht gefunden hätte. Zu diesem Zeitpunkt wusste ich natürlich nichts, die Geschichte war zu überraschend. Aber je länger ich darüber nachdachte, desto böser war die Ahnung, die sich bei mir einstellte.

Auf dem Bild sieht man Conny und Enno. Conny war eine wunderschöne Frau. Ich kann mich noch sehr genau an sie erinnern. Und Enno sah auch nicht schlecht aus. Seine operierte LKG-Spalte sah man kaum. Sie hatte es nicht leicht. ‚Eine Kleingärtnerin will Großbäuerin werden', sagte man oder viel schlimmer auf Platt: ‚Wenn ut 'n Schietpott 'n Broatpott wett.' Das war schon gemein. Als Enno dann plötzlich verschwand, hieß es, er habe dem Druck der Familie nicht standgehalten. Aber das glaube ich nicht. Da musste etwas Anderes hinter stecken."

„Der Schädel, den wir gefunden haben, hatte eine operierte LKG-Spalte", fügte Sandra erklärend hinzu.

„Das würde bedeuten, dass Enno ermordet wurde", sagte Bernd Uppenborg leise. „Die Geschichte mit der Auswanderung stimmt also nicht. Sie kam mir immer sehr seltsam vor. Und warum hat er Conny nicht mitgenommen oder nachgeholt. Das ist alles schon mehr als seltsam. Conny hat zwei Jahre später geheiratet. Ich glaube nicht, dass sie jemals wieder glücklich war."

„Glauben Sie, dass man Geert mit dieser Geschichte konfrontieren kann?"

„Sie müssen es wahrscheinlich. Aber seien Sie vorsichtig. Geert hat sich gefühlsmäßig auf Sie eingeschossen. Wenn Sie nicht alles zerstören wollen, dann seien Sie sehr vorsichtig. Er hat persönlich ja nichts mit der ganzen Geschichte zu tun. Aber ein falsches Wort und Sie bereuen es vielleicht ihr Leben lang."

„Eine persönliche Frage habe ich noch. Herr Uppenborg, Sie sind in Vielem anders als die anderen Bauern. Das habe ich schon am Grillabend bemerkt."

„Sie brauchen nicht weiter zu reden. Ich bin hier freiwillig als Öhm auf dem Hof, nicht, weil ich nichts Anderes gefunden habe. Meine Eltern fanden es ungerecht, dass der Älteste den Hof erbt und die Übrigen lediglich abgefunden werden. Ich war der Erste vom Lande, hier aus der Gegend, der das Abitur gemacht hat. Andere machten das auch, aber nur, weil die Familie einen Priester in ihren Reihen haben wollte. Ich habe richtig Landwirtschaft studiert. Meine Eltern wollten es so, und ich bin ihnen bis heute dafür dankbar. Mein Bruder, er war der ältere, bekam natürlich den Hof. Eine Aufteilung des Besitzes, wie es in Süddeutschland häufig der Fall war, ist unsinnig und hätte zu unwirtschaftlichen Betriebsgrößen geführt. Aber ich war nie Knecht.

Nach dem Tod meines Bruders wurde natürlich dessen Sohn sein Nachfolger. Aber ich habe jahrelang den Betrieb geführt. Er sagt noch heute ‚Onkel' zu mir, und bei Neuerungen holt er meinen Rat ein. Für seine Kinder bin ich ‚Opa'. Ich fühle mich sehr wohl in dieser Rolle. Sehen Sie, es geht auch so."

Damit verabschiedeten sich die beiden Damen von Bernd Uppenborg. „Der letzte Satz von Öhm Bernd gibt mir zu denken", sagte Sandra, als sie wieder im Auto saßen. „Der Mann ist klug, er wollte uns etwas mitteilen."

„Kann man denn beim Einwohnermeldeamt etwas über Auswanderer erfahren?", fragte Carmen.

Sandra bremste.

„Was ist los?", fuhr Carmen fort.

„Wir fahren zur Stadtverwaltung, zum Einwohnermeldeamt. Fragen kostet nichts."

Es ging ja in der Tat nur um eine ganz unverbindliche Auskunft.

„Hat die Stadt Aufzeichnungen über Auswanderer?"

Die Antwort war einfach und wenig Erfolg versprechend: „Ja, aber."

Das bedeutete, im Computerzeitalter war alles möglich. Ein Knopfdruck genügte. Anfang der 50er Jahre war das allerdings anders. Diese Akten waren nicht digitalisiert, sie waren im Archiv eingelagert. Allerdings nicht im kommunalen Archiv, hier hätte der Platz schon lange nicht mehr gereicht, sondern in Düsseldorf. Diese Auskunft reichte, um die beiden Polizistinnen mutlos zu machen.

Dann kam aber der Tipp einer sehr jungen Dame, Auszubildende im ersten Lehrjahr: „Versuchen Sie es doch einmal in Bremerhaven, im Auswanderermuseum. Jeder, der über Bremerhaven Deutschland verlassen hat, hat dort Spuren hinterlassen."

Zurück zur Dienststelle und ein Anruf beim Auswanderermuseum. Ein freundlicher Herr, der gar nicht aufhören wollte, zu erzählen, tat schließlich das, um was man ihn gebeten hatte, er suchte im Computer des Museums nach Auswandererlisten der Jahre 1951 bis 1953. In diesen Listen gab es weder einen Amdiek noch einen Schulte Amdiek. Aber er würde ihnen die Namen aller Grevener, die in diesem Zeitraum ausgewandert waren, zuschicken.

Es dauerte keine fünf Minuten und die Kripo in Greven war im Besitz einer Liste von etwa zwei Dutzend Namen mit Grevener

Adresse. Allerdings hatte der freundliche Herr ein Bemerkung hinzugefügt: „Bedenken Sie, dass in den 50er Jahren viele Auswanderer mit dem Flugzeug Deutschland verlassen haben."

„Daran hätten wir auch selbst denken können", meinte Carmen. „Aber vielleicht haben wir Glück und der eine oder andere ältere Kollege kann mit den Namen etwas anfangen."

Einer der Kollegen von unten hatte eine – wie er glaubte – glänzende Idee: „Der Heimatverein hat im letzten Jahr einen ‚Grevener Boten' zum Thema ‚Auswanderer aus Greven im 19. Jahrhundert' herausgegeben. Die Dame, die federführend beteiligt war, hat zwar nur das 19. Jahrhundert behandelt, hat aber auch Unterlagen über die spätere Zeit."

„Wie alt ist diese Dame? Weiß sie aus persönlicher Sicht etwas über diese Zeit?"

„Aber ja. Sie geht zwar stramm auf die 90 zu, ist aber körperlich und geistig absolut fit. Wenn jemand etwas weiß, dann diese Frau."

„Wo wohnt sie?"

„Greven links der Ems."

Sandra sah hoch: „Gegner des Abrisses von St. Josef?"

„Selbstverständlich. Wie fast alle."

„Vielleicht bleibt sie doch stehen, und die Bistumsverwaltung ändert ihre Meinung."

„Das glaubst auch nur du. Die katholische Kirche ist flexibel wie eine Betonwand. Aber ruf doch einmal bei dieser Dame an. Ich suche dir die Telefonnummer raus."

♥

Ein Anruf mit einer kurzen Erklärung reichte, und die jungen Polizistinnen hatten eine Einladung für 15.00 Uhr.

„Selbstverständlich erinnere ich mich an diese Geschichte. Für die damalige Zeit ein Skandal. ‚Kleingarten macht sich an Großgrundbesitz ran', sagte man. Auf Platt waren die Beschimpfungen viel schlimmer und beleidigender. Das tat richtig weh! Ich hätte mich nicht gewundert, wenn diese Frau sich das Leben genommen hätte oder aus Versehen erschossen worden wäre."

„Wieso sprechen Sie von erschießen?"

„Es gab damals einen fürchterlichen Streit zwischen den drei Amdiek-Brüdern. Worum es ging, weiß ich nicht. Wahrscheinlich aber ums Erbe. Das war allerdings wie üblich auf dem Lande geregelt: Der Älteste ist Hoferbe und erbt alles, die übrigen Kinder konnten froh sein, wenn sie abgefunden wurden."

Das war eine eindeutige Aussage. Es gab drei Brüder – das war bekannt – von denen nur einer als Hoferbe übrig blieb. Dann fügte die ältere Dame noch etwas hinzu.

„Ich glaube nicht, dass damals viele Grevener an eine Auswanderung geglaubt haben. Erst der ältere Bruder wegen einer Liebschaft, dann der zweite Bruder, vom ersten nachgeholt, nach Kanada. Direkt nach dem Krieg war Kanada für viele verlockend. Hier herrschten Not und Elend, dort sah man praktisch das Paradies. Seit 1949 gingen die Zahlen der Auswanderer aber rapide zurück. Und warum sollte ein auch damals wohlhabender Bauer das Land verlassen, ohne eine sichere Perspektive zu haben? 1952/53 gab es bereits das, was man später das Wirtschaftswunder nannte. Aus wirtschaftlichen Gründen wanderte zu diesem Zeitpunkt kein Bauer mehr aus. Alte Nazis kehrten unter anderem Namen bereits zurück. 400 ha – so sagte man – besaßen die Amdieks. Weshalb gebe ich so einen Besitz auf? Stellen Sie diese Frage den Amdieks, dann können Sie Ihr Problem lösen."

Die Aussage des Kollegen – eine ältere Dame, geistig und körperlich sehr fit – stimmte.

Jetzt mussten Sandra und Carmen den Hof der Amdieks ansteuern. Auf dem Hof angekommen, hörten sie als erstes die Stimme von Bernadette: „Carmen, tu viens ici, tu peux m'aider?" Carmen verschwand im Stall, aus dem die Stimme gekommen war. Geert sah Sandra an und spürte, dass etwas nicht stimmte.

„Ist was?"

„Ja, eine ganze Menge", antwortete Sandra. Sie zeigte ihm das Foto. „Kennst du das?"

„Dieses Foto habe ich noch nie gesehen. Aber es zeigt Enno II., den Bruder meines Großvaters mit seiner Freundin. Damals gab es einen Riesenskandal, dass ein Amdiek eine Nobody heiraten wollte. Diese Einstellung hat sich Gott sei Dank geändert. Meine Frau war eine Nobody. Sie brachte zwar einen Weinberg mit in die Ehe, aber kein Weingut. Ich habe mich nach dem Ereignis mit Enno nicht mehr gewundert, dass mein Vater bei meiner Hochzeit keinen Einspruch eingelegt hat. Enno hatte den Hof aufgegeben wegen einer Verbindung, die unter Bauern als nicht standesgemäß galt. Aber warum fragst du?"

„Enno hatte eine operierte LKG-Spalte. Unser Skelett hat so eine Narbe. Es handelt sich um einen Mann, etwa 30 Jahre alt, der Anfang der 50er Jahre ermordet und in dem Hünengrab ,entsorgt' wurde. Das macht mich nachdenklich."

In dem Augenblick kamen Bernadette und Carmen aus dem Stall.

„Papa, die alte Lisbeth hat es geschafft. Das war ihr letztes Kalb. Jetzt kann sie machen, was sie will. Sie hat ihre Aufgabe erfüllt. Ich bin glücklich."

In dem Augenblick fiel ein Schuss. Die Kugel schlug zwischen Geert und Bernadette auf. Sandra warf Geert zu Boden, Carmen

Bernadette. Die beiden Kripobeamtinnen rissen ihre Pistolen aus dem Halfter und versuchten, die Schussrichtung auszumachen. Plötzlich sahen sie einen Blitz. Noch ein Schuss. Aber die Kugel landete weit abseits. Carmen und Sandra schossen gleichzeitig in die Richtung, aus der die Schüsse gekommen waren. Carmen musste etwas gesehen haben, denn sie rannte plötzlich los, sprang über einen Zaun und warf sich zu Boden. Noch ein Schuss. Sandra schoss in die Richtung, in der sie den Schützen vermutete. Carmen war schon wieder auf den Beinen und rannte in Richtung des Schützen. Plötzlich war dieser zu sehen. Er kam aus einem Gebüsch, rannte über eine freie Stelle und versuchte im angrenzenden Wald zu verschwinden. Carmen schoss zweimal und der flüchtende Schütze blieb stehen, ließ sein Gewehr fallen und hob die Hände.

„Bernadette, ruf den Rest von Grevens Polizei hierher", rief Sandra. Dann rannte sie los, um Carmen zu helfen.

Geert war völlig verdattert. Er hatte den Schuss gehört, gespürt wie Sandra ihn zu Boden gerissen hatte, mangels Sicht aber nicht mitbekommen, was geschehen war.

Kurz darauf hatte Sandra Carmen erreicht, die dem Schützen bereits Handschellen angelegt hatte. Sandra hatte Handschuhe angezogen, um das Gewehr aufnehmen zu können. Als sie wieder auf dem Hof ankamen, hörten sie schon von fern das Tatütata der Streifenwagen. Diese hielten kurz darauf auf dem Hof Amdiek. Im ersten Wagen saß Bernhard Krummspiegel, ein durch seine Körperlichkeit schon Respekt einflößender Beamter.

Als dieser den Schützen sah, sagte er nur: „Sag mal Willi, wie bescheuert kann man eigentlich sein, um auf Schulte Amdiek und seine Tochter zu schießen?"

„Auf die Tochter habe ich gar nicht gezielt. Ich wollte den Geert treffen, weil er gegen den Abriss von St. Josef ist. Er widersetzt sich der heiligen katholischen Kirche."

„Schlimmer geht's ja wohl kaum noch. Wegen dieser Bemerkung werde ich aus der Kirche austreten. Das kann doch nicht die Position der Kirche sein. Du gehst auf jeden Fall für zehn Jahre in den Knast oder nach Lengerich in die Geschlossene."

„Das hättest du wohl gerne. Ich habe im Auftrag Gottes gehandelt. Alle, die sich seinem Befehl widersetzen, werden bestraft."

Bernhard Krummspiegel sah ihn fast mitleidig von der Seite an. Dann wandte er sich an die beiden Kripobeamtinnen: „Chef, ich glaube, ihr schafft das hier alleine."

„Das schaffen wir. Danke für die schnelle Hilfe", antwortete Sandra.

„Wir bringen Willi Allmann jetzt zum Haftrichter. Der wird entscheiden, wie es weitergeht. Er wird ihn wohl zwecks Untersuchung in die Psychiatrie einweisen."

Die Streifenwagen verließen mit Willi den Hof und fuhren zurück. Geert Amdiek saß auf einem Gartenstuhl, er hatte die ganze Zeit über nichts gesagt. Dann meinte er: „Wenn ein einfacher Leserbrief so eine Reaktion hervorruft, was passiert dann, wenn die Kirche tatsächlich abgerissen wird? Nächste Woche steht die Profanierung an. Danach ist St. Josef nur noch ein weltliches Gebäude. Welche Reaktion wird die Aktion von diesem Willi hervorrufen? Das gibt doch eine Kettenreaktion. Hier schaukelt sich etwas hoch, was nur schlecht zu beherrschen ist."

„Zurück zu unserem Thema", sagte Sandra. „Was weißt du über Enno II.?"

„Wie gesagt, er ist damals wohl über Nacht verschwunden. Es kam später ein Brief aus Kanada, in dem er schrieb, er sei Leiter

einer riesigen Farm geworden und in dem er seinen Bruder auffor-
derte, ihm zu folgen. Das war aber alles lange vor meiner Zeit.
Selbst mein Vater hat davon – altersbedingt, er war zu jung – nichts
mitbekommen.

Ich habe mich immer gefragt: ‚Weshalb hat Enno seine Freundin
nicht mitgenommen oder nachkommen lassen?' Mein Großvater
starb nur ein halbes Jahr später unter sehr merkwürdigen Umstän-
den. Alle drei Brüder innerhalb eines Jahres für den Hof ausgefallen. Mein Vater war eigentlich zu jung für die Nachfolge, aber er
musste ran. Er hat dann die Konsequenzen daraus gezogen. Ich
kam später auf die landwirtschaftliche Schule und machte eine
Lehre auf einem anderen Hof."

„Ist deine Ausbildung denn vergleichbar mit der von Öhm
Bernd?"

„Nein, der hat das richtig studiert, in Weihenstephan. Bernd
wäre voll durchgestartet, wenn sein Bruder nicht gestorben wäre.
Aber ich glaube, er hat es nicht bereut. Doch was hat Enno II. mit
diesem Skelett zu tun? Enno lebt oder lebte in Kanada."

„Genau das ist mein Problem. Weshalb hat er nie etwas von sich
hören lassen? Wenn es ihm so gut ging, dann kann er sich doch
einmal melden. Aber nichts, gar nichts. Auch bei dieser Conny hat
er sich nie wieder gemeldet. Macht man so etwas?"

„Darf ich einmal zusammenfassen", mischte Bernadette sich
jetzt ein. „Du siehst die Möglichkeit, dass Enno und das Hünengrabskelett ein und dieselbe Person sind. Aber sein Bruder? Der ist
doch auch verschwunden. Warum? Wo ist er geblieben? Wenn
einer sich nicht meldet, ist das vielleicht verständlich. Wenn aber
zwei Ausgewanderte sich nie wieder melden, ist das nicht mehr
verständlich. Kann man mit einem DNA-Abgleich herausfinden,
ob wir mit diesem Skelett verwandt sind?"

„Das ist möglich, aber je weiter man sich zeitlich gesehen von
diesem Skelett entfernt, desto ungenauer wird der Abgleich. Es

haben zu viele eingeheiratet, der Grad der Verwandtschaft wird geringer. Allerdings hat man damals nach dem Fund von Ötzi zu DNA-Spenden in dem Tal aufgerufen, mit dem Ergebnis, dass niemand mit Ötzi verwandt war. Also wird man bei unserem Hünengrabtoten auch etwas finden. Aber da ist ja noch die LKG-Spalte. Die kommt allerdings häufiger vor, als man denkt. In Mitteleuropa ist etwa jedes 500. Kind davon betroffen: 60% Jungen, 40% Mädchen. Es gibt Formen der Gaumenspalte, die in gewissem Rahmen vererblich sind, andere sind erworben, etwa durch Röteln während der Schwangerschaft."

„Ich bin geimpft", erklärte Bernadette, „vorsorglich. Denn über die Folgen einer nicht durchgeführten Rötelnschutzimpfung wurden wir in der Schule aufgeklärt. Aber du hast dich gut informiert über dieses Problem."

„Das machen wir seit Tagen und wir sind immer wieder auf den Schädel mit der operierten LKG-Spalte und Enno II. zurückgekommen. Die Ironie des Schicksals will es, dass ausgerechnet die Enkelin von Ennos großer Liebe, dieser Conny, uns auf die Spur gebracht hat. Diese junge Dame, Jenny, 20 Jahre alt, alleinerziehend mit einem dreimonatigen Säugling erwähnte ganz nebenbei die LKG-Spalte von Enno. Da wurde unser Interesse in diese Richtung geweckt. Für uns ist eigentlich klar, dass Enno II. und das Hünengrabskelett ein und dieselbe Person sind. Enno wurde erschossen und in dem Steinzeitgrab beigesetzt, in der Hoffnung, dass er nie wieder auftauchen würde. Das ging ja auch gut, bis ein kleiner Junge namens Kevin mit seinem Forscherdrang den Schädel gefunden hat. Wir kennen die Gründe für den Mord nicht, wir wissen auch nicht, was mit dem zweiten Bruder geschah. Er ist ebenfalls spurlos verschwunden. Er hat sich übrigens ebenso wenig wie sein Bruder polizeilich abgemeldet. Unsere Frage ist: ‚Wie kann ein Ermordeter seinen Bruder nach Kanada nachholen? Diese Überlegungen stimmen allerdings nur, wenn Enno II. wirklich ermordet wurde."

„Aber wir haben doch diesen Brief, den Enno damals an seinen Bruder geschickt hat. Mehr weiß ich auch nicht", fügte Geert Amdiek hinzu.

„Können wir diesen Brief einmal sehen und untersuchen lassen?", fragte Sandra Kampeter.

„Natürlich, wir haben ja nichts zu verbergen", antwortete Geert Schulte Amdiek.

„Das wissen wir", versuchte Carmen zu beruhigen. „Ihr beiden habt mit der ganzen Geschichte überhaupt nichts zu tun. Das ist allen klar. Strafrechtlich ist die Sache erledigt. Mord verjährt zwar nicht, aber der Mörder müsste etwa 100 Jahre oder älter sein. Es gilt aber: Wenn die Polizei auf einen Mordfall stößt, dann muss sie ermitteln, ob sie will oder nicht. Dass ausgerechnet zwei Kripobeamtinnen, die sich hier auf dem Hof persönlich sehr wohl fühlen, ermitteln müssen, macht die Sache komplizierter. Ob man diesen Umstand als ‚Befangenheit' bezeichnen kann, weiß ich nicht. Bevor aber jemand auf diese Idee kommt und uns wegen eben dieser Befangenheit abzieht, sollten wir unser Augenmerk auf den Mordversuch von heute richten. Der Fall Enno II. ist 65 Jahre alt. Ob dieser Fall jetzt geklärt wird oder in naher Zukunft, ist unwichtig. Wichtig ist aber, dass hier auf dem Hof für Sicherheit gesorgt wird. Deshalb schlage ich vor, dass Sandra und ich heute Nacht hier bleiben und Morgen auf dem Hof ein Streifenwagen stationiert wird."

„Richtig!", bestätigte Sandra. „Es ist möglich, dass der Täter – so verrückt er auch ist – als Einzeltäter gehandelt hat. Es ist aber auch möglich, dass noch andere dahinter stehen. Nur verstehe ich nicht, dass ein Kirchenabriss Leute so sehr radikalisiert, dass sie auch vor Mord nicht zurückschrecken. Dann muss man ja befürchten, dass die andere Seite zu ähnlichen Maßnahmen greift."

„Wenn ich jetzt sage: ‚Ich glaube das nicht', dann ist das wenig überzeugend", antwortete Geert Amdiek. Er sah auf das Gewehr, das Sandra auf den Gartentisch gelegt hatte: „Eine seltsame Waffe, schon fast antik. Eine Jagdwaffe bestimmt, aber niemand würde sie mehr zur Jagd benutzen. Sie stammt wahrscheinlich aus den 20er oder 30er Jahren, also knapp 100 Jahre alt. Diesen Willi kenne ich überhaupt nicht, und unter Jägern kennt man sich. Mit dieser Waffe kann man nicht mehr genau treffen. Die Halterung für das Zielfernrohr ist nicht mehr in Ordnung. Also musste Willi über Kimme und Korn zielen. Und das auf gut 150 m. Da muss man ein verdammt guter Schütze sein und eine ruhige Hand haben. Diese Waffe ist, wie man sehen kann, einmal heftig auf dem Boden aufgeschlagen. Das Korn scheint etwas verbogen zu sein."

„Das heißt, der Schuss war kaum kalkulierbar", erwiderte Sandra Kampeter.

„Alles, was ich gesagt habe, ist meine private Meinung", kam Geert Amdiek jetzt noch einmal auf die Waffe zurück. „Ihr habt doch Spezialisten für solche Untersuchungen."

„Haben wir!", meldete sich Carmen jetzt zu Wort. „Seht euch aber einmal die Gravur am Verschluss an: E.A. Was heißt das? Wenn das Enno Amdiek heißen würde, wäre das der Hammer. Allerdings heißt der Schütze auch Allmann. Vielleicht gab es in dieser Familie einen Ernst, Eberhard oder Eduard. Doch jede Waffe sollte eigentlich registriert sein."

„Sollte", schob Sandra jetzt ein. „Aber wie viele nicht registrierte Waffen gibt es?"

„Wahrscheinlich zu viele", antwortete Geert Amdiek. „Jagdwaffen werden häufig vom Vater auf den Sohn vererbt. Das ist auch in Ordnung, wenn der Sohn auch Jäger ist. Wenn aber nicht? Man kann nicht alles überprüfen, und es gibt überall Lücken."

„Wir müssen von Willi Allmann erfahren, woher er die Waffe hat. Das könnte uns weiter helfen", meinte Sandra Kampeter. „Ich ruf mal eben bei den Kollegen an, dann bekommen wir die neuesten Informationen."

Sie erzählte am Telefon lang und ausführlich die Ergebnisse des Gesprächs, das sie eben geführt hatte. Dann erläuterte sie ihren Zuhörern das weitere Vorgehen.

„Es kommt gleich jemand, um die Tatwaffe zur KTU zu bringen. Willi Allmann wurde dem Haftrichter vorgeführt. Er hat völlig verworrene Aussagen gemacht: Er handele in göttlichem Auftrag, die Waffe habe er von Gott persönlich bekommen. Er hat bei seiner Vernehmung nicht nur wirre Aussagen gemacht, er hat auch seltsame körperliche Reaktionen gezeigt. Er wurde zwecks Feststellung seiner physischen und psychischen Gesundheit in ein Landeskrankenhaus eingewiesen."

Es dauerte nicht lange, da hielt ein Streifenwagen auf dem Hof Amdiek, diesmal ohne Blaulicht und Martinshorn. Der Beamte, der die Tatwaffe abholte, sah sich kurz das Gewehr an und sagte: „Das Ding kann man vielleicht als Schießprügel bezeichnen, aber nicht als Jagdwaffe, das war vielleicht einmal eine, doch ein genaues Zielen ist mit dem Ding nicht mehr möglich. Das passt zu dem seltsamen Verhalten des Herrn Allmann. Ich kenne ihn nur als berüchtigten Leserbriefschreiber, ziemlich versponnen aber harmlos. Als wir seiner Familie, das heißt seinen Eltern und Geschwistern die Nachricht vom Mordanschlag überbrachten, fielen die aus allen Wolken. Willi Allmann raucht nicht, trinkt nicht, verbringt seine gesamte Freizeit mit Beten. Dadurch glaubt er, die Welt retten zu können. Eine Waffe hat niemand aus der Familie jemals bei ihm gesehen. Deshalb muss ihm jemand die Waffe besorgt haben, und ihn an der Waffe ausgebildet haben, denn kein Allmann war jemals Jäger. Niemand von denen hat Ahnung von Waffen."

„Dann ist es doch gut, wenn Carmen und ich heute Nacht hier bleiben. Denn aus deinen Nachrichten kann man entnehmen, dass Allmann nur vorgeschickt wurde."

„Richtig. Doch du solltest wissen, dass noch etwas passiert ist. Als die Kirchenoberen von dem Attentat hörten, haben sie die Profanierung von St. Josef auf morgen vorverlegt. Man hat wohl

Angst, dass es zu weiteren unüberlegten Aktionen kommt. Man will vollendete Tatsachen schaffen."

♥

„Wie läuft so eine Profanierung eigentlich ab? Und welche Konsequenzen erwachsen daraus?", fragte Sandra Kampeter.

Sie sah ihre potentiellen Antwortgeber an, sah aber nur Unverständnis in ihren Gesichtern.

Bernadette seufzte und sagte schließlich: „Dann lasst euch belehren, denn in der Schule, im Religionsunterricht, wurde der bevorstehende Abriss der Josefkirche natürlich thematisiert und auch die Profanierung. Also passt auf! Die Profanierung ist das Gegenteil der Kirchweihe. Durch die Kirchweihe wird das Gebäude zum geheiligten Raum. Daneben muss auch noch der Altar geweiht werden. Bei der Profanierung ist es umgekehrt. Gebäude und Altar müssen sozusagen entweiht werden. Dadurch wir aus der Kirche wieder ein normales Gebäude. Die Profanierung geschieht im Allgemeinen während der letzten Heiligen Messe, die in der betreffenden Kirche gefeiert wird. Dabei wird ein bischöfliches Dekret verlesen, mit dem die Kirche profaniert wird."

Die Erwachsenen sahen sich etwas ungläubig an, und Geert Amdiek kratzte sich am Kopf: „Donnerwetter! Ich habe eine Tochter, die für Überraschungen gut ist."

„Deine Tochter überrascht dich heute Abend mit einem Stück Backschinken. Es wird etwas dauern, bis der Braten im Backofen vorsichtig aufgetaut ist. Aber wir haben ja Zeit. Die Soße hatte ich

getrennt eingefroren, und es wird uns kein großes Problem berei-
ten, Püree à la Bernadette herzustellen."

„Ich melde mich freiwillig zum Kartoffelschälen", bot sich
Sandra an.

Die Sache mit den Kartoffeln erledigte sich fast von selbst, denn
Sandra verstand sich auf das Kartoffelschälen, nicht mit dem Spar-
schäler sondern klassisch mit dem Schälmesser, deshalb auch Kar-
toffelmesser genannt.

Der Polizeibeamte hatte mit der Tatwaffe den Hof verlassen,
Carmen de la Rosa und Geert Amdiek saßen völlig entspannt auf
der Terrasse, der Anschlag war vergessen.

„Blutdruck normal?", fragte Carmen.

„Wenn du auf das Attentat ansprichst, ja. Aber neben Sandra
steigt mein Blutdruck. Als sie mich eben umgeworfen hat und auf
mir lag, um mich zu schützen, da war mir ganz anders. Jeden Tag
so ein Attentat, das wäre nicht schlecht. Aber du hast Bernadette
geschützt. Danke."

„Bernadette fühlte sich nie gefährdet. Die hat Nerven. Wenn es
um Sandra geht, weichst du immer aus, so wie du jetzt auf Bernadette abschweifst."

„Die Situation ist ein bisschen schwierig für mich. Das hat absolut nichts mit meiner verstorbenen Frau zu tun. Ich werde sie nie
vergessen, aber es ist Vergangenheit. Weiß denn Sandra, auf was
sie sich eventuell einlässt?"

„Sie sollte wissen, auf wen sie sich einlässt. Das ist viel wichtiger. Überlege einmal, in welcher Situation sie sich befindet. Wie es
aussieht, wird sie demnächst Leiterin der Kripo in Greven werden.
Das heißt etwas. Jetzt hat sie es mit einem Mordfall zu tun, der sie
emotional sehr hart trifft. Ausgerechnet die Familie, für die sie un-
geahnte Gefühle entwickelt hat, steht im Mittelpunkt der Ermittlungen. Man braucht nicht viel Fantasie, um zu erraten, was da-

mals geschehen ist. Das wissen wir alle. Es wird allerdings auch nie zu einer Anklage kommen, das ist ebenfalls klar. Gegen wen auch? Ein möglicher Täter lebt nicht mehr. Wir müssen nur die Angelegenheit klären, dann werden die Ermittlungen eingestellt. Der Spruch ‚Mord verjährt nicht' bezieht sich natürlich nur auf lebende Täter. Die Zeit, in der es in diesem Staat Sippenhaft gab, ist lange vorbei. Darüber solltest du mit Sandra einmal reden. Für mich als Außenstehende ist das einfach zu sagen, aber reden müsst ihr, über euch und die Situation. Sonst tut es nachher weh.

Und denk auch an Bernadette! Die spielt mit 13 Jahren die Frau des Hauses. Das macht sie sehr gut, aber sie würde wahrscheinlich lieber wieder nur die 13-jährige Tochter sein. Ich komme wirklich gerne auf den Hof Amdiek, wegen Bernadette. Aber ich bin nur eine Ersatzbezugsperson. Das weiß ich, und das weiß Bernadette auch. Ich bin Sprachpartnerin für sie. Das bringt auch mir etwas.

Hier gehört eine Frau ins Haus, eine Frau, die auch einmal Nein sagt. Sandra kann das. Sie wird von den Kollegen nicht ohne Grund ‚Chef' und nicht ‚Chefin' genannt."

♥

Geert Schulte Amdiek atmete tief durch. „Die Zeit mit Küsschen hier und Küsschen da, ist vorbei. Mir ist klar, dass Bernadette überfordert ist."

Sandra kam aus der Küche. „Die Kartoffeln sind geschält und stehen auf dem Herd."

„Schön", antwortete Geert, „wir beiden sollten einen kleinen Spaziergang machen. Wir haben einiges zu besprechen."

Sandra guckte überrascht auf, hakte sich bei Geert ein und bestimmte von nun an das Tempo.

Jetzt kam auch Bernadette aus dem Haus. „Wo sind die beiden?"

„Zukunftspläne besprechen."

Bernadette atmete tief durch. „Es wäre schön, wenn ich einen Teil der Verpflichtungen abgeben könnte. Ich möchte einmal wieder lachen wie eine 13-Jährige, nicht wie Frau Schulte Amdiek."

„Dann hättest du nichts gegen die Verbindung?"

„Nein, überhaupt nicht. Ich habe mit Papa nie darüber gesprochen, aber ich würde ganz gerne etwas anderes machen als Landwirtschaft. Ich weiß natürlich nicht was, denn bis jetzt hatte ich keine Zeit, darüber nachzudenken."

„Dann nehme ich dich demnächst mit nach Münster zu einem jungen Paar, das gerade Einquartierung von einer sehr jungen Mutter hat, der Enkelin von Conny, der großen Liebe von Enno II. Die junge Frau hatte auch keine genaue Vorstellung von ihrer Zukunft: Rocksängerin, Köchin, Ärztin? Sie hatte für alles Begabung und hat alles ausprobiert. Jetzt studiert sie Medizin. Dabei wird sie bleiben. Ein Gespräch mit ihr hilft dir vielleicht weiter."

„Es kann mir nur weiterhelfen, wenn das Ergebnis der Beziehung von Papa und Sandra ein Sohn ist, ein Hoferbe. Dann wäre ich frei in meiner Entscheidung, denn den Hof Schulte Amdiek gibt man nicht einfach auf."

„Jetzt fällst du aber mit der Tür ins Haus. Sag das weder deinem Vater noch Sandra. Damit würde Druck ausgeübt oder Erwartungen geweckt, mit denen auch Erwachsene nur schlecht umgehen können."

„Das weiß ich. Ich bin zwar erst 13, aber kein kleines Mädchen mehr. Es ist jedoch auch nicht gerecht, dass mein ganzes Leben vorprogrammiert ist, nur weil mein Vater Landwirt ist."

„Das Leben ist nicht immer gerecht. Doch ich verstehe dich. Ich möchte auch nicht auf einem Hof versauern. Nur die Idee, dass Sandra hier einzieht und die Bäuerin spielt, die kannst du dir abschminken. Sie wird ihren Beruf weiter ausüben, wenigstens auf absehbare Zeit."

„Es ist ja nicht so, dass ich mich aufs Altenteil zurückziehen will. Aber einfach einmal ohne große Planungen für zwei Tage zu einer Freundin verschwinden, das ist das, was ich mir wünsche."

„Solche Wünsche lassen sich bestimmt erfüllen. Aber warten wir das Ergebnis des Spaziergangs von Sandra und deinem Vater ab."

Das Ergebnis schien vielversprechend zu sein. Sandra und Geert näherten sich dem Hof langsam und eng umschlungen. Sandra ergriff das Wort: „Bernadette, könntest du dich mit dem Gedanken anfreunden, dass ich hier auf dem Hof versuchsweise einziehe? Dein Vater und ich haben beschlossen, dass wir es einmal miteinander versuchen wollen. Wir glauben beide, dass sich der Versuch lohnt."

Bernadette hatte vielleicht einiges erwartet, aber dass Erwachsene sich so schnell auf ein Zusammenleben einigen können, war für sie überraschend. Sie fiel Sandra um den Hals: „Danke!"

Sandra schaute Bernadette an: „Wofür?"

„Dass du mir diesen westfälischen Sturkopf abnimmst und ihn einnordest. Und wenn du Hilfe brauchst, frage mich, denn ich kenne seine Schwachstellen."

„Verrate sie mir lieber nicht. Die muss ich schon selber finden, das macht das Zusammenleben spannender. Aber wenn Not an der Frau ist, melde ich mich."

„Essen?", fragte Bernadette.

„Ja", antwortete Sandra, „aber ohne Alkohol, wenigstens für Carmen und mich. Denn wir wissen nicht, was heute Nacht auf uns zukommt. Ach ja, Carmen, du hast eine Wohnung."

♥

Nach dem Abendessen kam etwas anderes auf die beiden Kripobeamtinnen zu: die Lektüre und Untersuchung des Briefes, den Enno II. an seinen Bruder geschrieben hatte. Geert hatte ihn eigentlich nie gelesen, zwar einmal einen Blick draufgeworfen, mehr nicht, denn er kannte ja den Inhalt aus den Erzählungen.

„Aus heutiger Sicht kommt mir der Brief und sein Inhalt schon etwas suspekt vor", begann Geert das Gespräch über das Schriftstück. „Wie wird jemand, der erst seit wenigen Monaten in Kanada lebt, Verwalter einer riesigen Weizenfarm? Enno sprach bestimmt kein Englisch. Wie hat er sich verständigt?"

Sandra hielt den Brief gegen das Licht. „Es handelt sich eindeutig um Luftpostpapier. Aber das Wasserzeichen kommt mir bekannt vor. Ich glaube nicht, dass das kanadisches Papier ist."

Bernadette hatte ihren Laptop geholt, und es dauerte zwei Minuten, dann sagte sie: „Verdacht bestätigt. Deutsches Wasserzeichen."

„Das heißt noch gar nichts", mischte sich jetzt Carmen ein. „Wer weiß, wie viele Firmen Luftpostpapier hergestellt haben? Haben deutsche Firmen Anfang der 50er Jahre dieses Papier nach Kanada exportiert?"

„Es ist der Inhalt, der mich nachdenklich macht", wiederholte Geert noch einmal. „Vom Tellerwäscher zum Millionär, das ist die

Karriere, die oft erzählt wurde. Allerdings im Verlauf eines Lebens. Aber Enno, vom westfälischen Hoferben zum Verwalter einer kanadischen Großfarm? Das klingt seltsam."

Das Gespräch wurde unterbrochen. Sandras Handy klingelte: Gunnar Moormann. Er hatte Neuigkeiten.

„Sag mal Gunnar, was machst du denn noch so spät auf der Dienststelle? Ist Elsa entschwunden?"

„Ja, nach Münster zu ihrem Lieblingssohn, Baby begucken. Also nicht das vom Lieblingssohn, aber die beiden haben Einquartierung."

„Das wissen wir, eine gewisse Jenny mit Tochter Julia. Ein reizendes Kind. Aber zurück zum Thema."

„Im Prinzip halte ich hier die Stellung, denn meine Untergebenen machen Landurlaub. Aber Spaß beiseite. Zunächst ein großes Lob für euren Einsatz. Absolut profimäßig. Doch jetzt zu den Neuigkeiten. Ihr wisst, dass die Profanierung von St. Josef morgen nach der letzten Messe vor sich gehen soll. Diese Nachricht, ob gewollt oder nicht, ging wie ein Lauffeuer durch Greven. Eine Gruppe von Abrissgegnern hat vor einer Stunde die Kirche besetzt."

„Wie, eine Kirchenbesetzung? Kirchenasyl, das kenne ich, aber eine Kirchenbesetzung, das ist ja mal etwas Neues. Doch was haben wir damit zu tun?"

„Im Prinzip nichts. Das ist eine kircheninterne Angelegenheit. Da mischen wir uns nicht ein. Es sei denn, da läuft etwas aus dem Ruder. Und dann sind zunächst einmal die Kolleginnen und Kollegen von der Streife gefragt. Bei Hausfriedensbruch kommt ja auch erst einmal die Streife und nicht wir. Außerdem muss die Streife angefordert werden, sie kann nicht einfach die Initiative ergreifen und für Ordnung sorgen. Ordnung in wessen Sinn? Ich frage mich nur, was passiert morgen, nach der Profanierung oder besser gesagt während der Profanierung? Doch das wird sich zeigen. Ich sorge dafür, dass Ihr beiden morgen früh auf jeden Fall eine Ablösung bekommt. Haltet ihr das solange aus?"

„Spielend!"

♥

Am anderen Morgen um 9.00 Uhr stand die Ablösung vor der Tür. Die beiden Damen hatten ihre Aufgaben, was den Kriminalfall betraf, in der Tat spielend gemeistert. Auf dem Hof war alles ruhig geblieben. Geert hatte seine beiden Jagdhunde auf die Diele geholt. Hätte sich jemand genähert, dann hätten die Hunde angeschlagen.

Carmen und Sandra fuhren in ihrem Wagen zurück zur Dienststelle, als Sandra plötzlich zu Öhm Bernd abbog. Als er sie sah, stand er auf und ging auf sie zu.

„Damit das einmal klar ist, auf dem nächsten Schützenfest sind sie mir einen Tanz schuldig. Jede von Ihnen."

„Machen wir", versprach Sandra, „mit Vergnügen sogar. Wir haben aber noch eine kleine Frage: ,Wie ist der Großvater von Geert Amdiek ums Leben gekommen?' Jetzt sagen Sie nicht Altersschwäche."

„Nein, das kann man mit einem Wort benennen: Unfall. Aber das ist nur die halbe Wahrheit. Es war im November, der Holzeinschlag hatte begonnen. Damals kannte man hier noch keine Motorsägen. Also ging man immer zu zweit zum Baumfällen. Man nahm eine große Handsäge mit, die von zwei Mann bedient wurde, eine sogenannte Brummsäge. Er, der alte Dickkopf, jetzt Hofbesitzer, ging alleine. Ein Baum fiel, traf ihn, tötete ihn. Ich halte es nicht für einen Unfall, habe es auch nie dafür gehalten. Aber bei einem

Großbauern fragt man besser nicht nach. Ich habe mir damals die Unglücksstelle angesehen, sehr seltsam alles."

„Herr Uppenborg, halten Sie es für möglich oder wahrscheinlich, dass damals bei den Amdieks die Erbfolge mit Gewalt geändert wurde?"

„Von den drei Amdiek-Söhnen war damals nur der Jüngste verheiratet und hatte schon ein Kind, Geerts Vater. Als nun Enno ein intensives Verhältnis mit dieser Conny einging, wurde es Zeit zum Handeln. Aber das sind natürlich nur meine ganz persönlichen Überlegungen. Wie will man das heute noch untersuchen? DNA-Abgleich mit Geert? Der zweite Sohn fehlt ja immer noch. Die Geschichte mit Kanada habe ich nie geglaubt. Aber erzählen Sie das, was ich Ihnen erzählt habe, nicht Geert. Ich möchte nicht, dass dadurch Streit entsteht."

„Keine Angst", erwiderte Sandra, „die Informationen sind natürlich streng vertraulich."

Sie zog einen Briefumschlag aus ihrer Jackentasche und zeigte ihn Bernd Uppenborg: „Hier drin befindet sich ein Haar von Geert und eine Speichelprobe."

„Geert?"

„Ja, Geert! Ich ziehe auf den Hof. Aber das ist zurzeit auch noch streng vertraulich."

„Das ist gut, sehr gut sogar. Geert kann nicht länger alleine leben. Seine Tochter Bernadette ist durch die Situation überfordert. Sie kann nicht auf Dauer ,Frau Schulte Amdiek' spielen. Viel Glück."

Sandra und Carmen gingen zu ihrem Auto und fuhren zurück zu ihrer Dienststelle.

„Es würde mich nicht wundern", sagte Sandra, „wenn Gunnar schon seit Stunden wieder im Büro ist. Er hält die Hand über uns. Es hört sich vielleicht komisch an, wenn ich sage, er ist der Mann meines Lebens, natürlich nur für das berufliche Leben. Er hat bestimmt schon einen Rat parat, was wir jetzt tun sollten."

Sandra hatte recht. Gunnar war bereits seit 7.00 Uhr im Dienst und erwartete seine Damen ungeduldig.

„Gunnar, was sagt eigentlich deine Elsa, wenn du kaum noch zu Hause bist und dich mehr um mich als um sie kümmerst?"

„Sie ist immer noch in Münster, das Baby bewundern. Und um unsere Beziehung – ich meine jetzt die zwischen dir und mir – musst du dir keine Sorgen machen. Auf dich war Elsa nie eifersüchtig."

„Ist das jetzt ein Lob oder ein Tadel?"

„Sandra, du warst immer so etwas wie eine Tochter für mich, und auf eine Tochter kann man nicht eifersüchtig sein. Elsa ist eine kluge Frau, sie würde nie auf dich eifersüchtig werden. Aber ich bin schon seit 7.00 Uhr hier vor Ort, weil ich mich um mehr Informationen zu eurem Fall bemüht habe."

„Welchen Fall meinst du? Das Hünengrabskelett oder das Attentat?"

„Zum Attentat. Ihr befindet euch ja mitten in einer innerkirchlichen Auseinandersetzung. Wobei das Wort ‚innerkirchlich‘ eigentlich falsch ist. Es ist wohl mehr eine Auseinandersetzung zwischen zwei Gruppen von Gläubigen: Abrissbefürwortern und Abrissgegnern. Doch diese Auseinandersetzung hat mittlerweile Formen angenommen, die kaum noch verständlich sind. Nach meiner Meinung haben fast alle erkannt, dass der Abriss eine beschlossene Sache ist und nicht mehr verhandelbar ist. Auf beiden Seiten gibt es jedoch eine kleine Gruppe, die aus dieser Auseinandersetzung einen Glaubenskrieg macht. Und ich meine Krieg, das zeigt das Attentat.

Seit gestern Abend sitzt nun eine Gruppe von Abrissgegnern in der St. Josefkirche und betet. Sie beten nicht irgendein Gebet sondern das ‚Ad te beate Joseph‘, abwechselnd in lateinischer und in deutscher Sprache. Für dieses Gebet gewährt die katholische Kirche jedem Gläubigen einen Teilablass der Sünden. Im deutschen Text – den lateinischen verstehe ich nicht – heißt es an einer Stelle: ‚Du Beschützer der Heiligen Familie, wache über das Haus Gottes.‘ An dieser Stelle wird der Vorbeter sehr laut, und alle wiederholen den Text. Das ist zwar so nicht vorgesehen, aber äußerst eindrucksvoll.

Ich frage mich, wie diese Leute auf diese verrückte Idee gekommen sind, denn wahrscheinlich kennen 99,9% aller Katholiken dieses Gebet nicht. Jetzt ist es plötzlich in aller Munde und liegt vervielfältigt in der Kirche aus.“

„Und wie wird jetzt profaniert?“, fragte Sandra.

„Was weiß ich? Das machen wir bestimmt nicht zu unserem Problem“, antwortete Gunnar.

„Profanierung unter Polizeischutz, das wär’s doch! Aber jetzt etwas anderes. Ich habe hier eine DNA-Probe. Die sollte einmal mit dem Hünengrabskelett abgeglichen werden.“

„Ich kümmere mich drum“, erklärte Gunnar. „Aber wie kommst du an diese Probe?“

„Du hast die Angewohnheit, mich abends ab und zu zu besuchen, wenn deine heißgeliebte Elsa ihren Sohn in Münster besucht. Du kannst das Fürsorge nennen oder Kontrolle oder was auch immer. In meiner Wohnung wirst du ab sofort nur noch Carmen antreffen. Ich ziehe um.“

„Wohin?“

„Hof Amdiek.“

„Du auf Hof Amdiek? Wieso?“

„Liebe.“

Jetzt musste Gunnar Moormann schlucken.

„Du?"

„Ja, ich. Ohne deine Hilfe oder Vermittlung und ohne einen Kommentar deinerseits."

„Wieso? Ich habe überhaupt nichts gegen Schulte Amdiek. Ich glaube, er ist ein sehr netter Mann. Passt zu dir!"

„Danke. Bin ich jetzt aus deiner Obhut entlassen?"

„Nein. Ein bisschen Fürsorge muss sein. Keine Kontrolle mehr, nur väterliche Fürsorge. Was habt ihr jetzt vor?"

„Wir besuchen Willi Allmann. Mal sehen, was er so zu erzählen hat."

„Wahrscheinlich sehr wenig. Die Ärzte machen uns nur wenig Hoffnung, dass er sich jemals wieder an das erinnert, was er getan hat. Blutalkohol absolut nichts, aber so vollgedröhnt mit einem Drogencocktail, dass es für ihn lebensgefährlich war. Fahrt hin, besucht ihn, seid nicht überrascht, wenn alles vergeblich ist. Er ist übrigens im LKH Lengerich untergebracht, weil eine seiner Schwestern in Lengerich wohnt."

Carmen und Sandra saßen wieder im Wagen. Carmen fuhr.

„Gunnar ist sehr nett", meinte sie, „er wird wohl ein guter Ausbilder werden."

Sandra atmete tief durch: „Er ist ein guter Ausbilder. Sieh mich an."

♥

Die Fahrt verlief schweigend. Der Besuch im LKH konnte nicht als Erfolg verbucht werden. Willi Allmann befand sich nach ärztlicher Meinung in einem Zustand, den man kaum exakt beschreiben konnte. Es bestand zum aktuellen Zeitpunkt zwar keine akute Lebensgefahr, aber über den Berg war er noch lange nicht. Zudem war das, was er von sich gab, völlig verworren und nicht nachvollziehbar. Er hatte keinerlei Erinnerung an das Tatgeschehen, er konnte sich auch nicht vorstellen, geschossen zu haben. Er habe noch nie in seinem Leben geschossen, nicht einmal mit dem Luftgewehr auf der Kirmes. Er lehne schließlich jede Form von Gewalt ab. Seine Form, Widerstand zu leisten, sei das Gebet. In diesem Augenblick zupfte Carmen an Sandras Ärmel, ein Zeichen, sich zurückzuziehen.

Das folgende Gespräch mit dem behandelnden Arzt ließ ihre letzten Hoffnungen schwinden. Nach dessen Meinung war Willi Allmanns Zustand immer noch kritisch, sehr kritisch sogar, er war zudem psychisch sehr labil, unfähig am normalen Arbeitsleben teilzunehmen. Er war in einer Werkstatt beschäftigt, in der er in einer geschützten Umwelt einer einfachen Tätigkeit nachging. Nach Aussage seiner Familie habe er nie Alkohol getrunken, was durch den Bluttest bestätigt wurde. Die Drogen, die man in seinem Blut gefunden habe, hätten ausgereicht, ihn zu töten, wenn er versucht hätte, sich seiner Festnahme durch eine größere körperliche Anstrengung zu entziehen. Das hätte wahrscheinlich zu einem Kreislaufkollaps geführt. Gegen Willi Allmann werde man nie einen Prozess führen können.

Auf dem Rückweg resümierte Carmen: „Willi Allmann ist nur ein Werkzeug. Von wem? Das wissen wir nicht. Es kann sogar sein, dass er nur eine Opferrolle spielen sollte. Allmann wird keinen Beitrag zur Lösung unseres Falles liefern. Wir sollten einmal definieren, was unser Fall ist? Das Attentat, das Hünengrabskelett, der Kirchenabriss?"

♥

„Was machen wir jetzt?", fragte Carmen.

„Wir fahren zur St. Josefkirche", antwortete Sandra, „mal sehen, was da so läuft und wer dort betet? Außerdem findet heute die Profanierung statt, am späten Nachmittag vermute ich."

Als sie von der Nordwalder Straße in den kleinen Stichweg zur St. Josefkirche einbogen, war Carmen etwas überrascht: „Kaum ein Auto auf dem Parkstreifen, keine große Limousine, also ist der Bischof noch nicht erschienen."

„Das Letzte mag stimmen, da aber die Kritiker hauptsächlich aus diesem Viertel stammen, sind die meisten zu Fuß oder mit dem Fahrrad gekommen. Außerdem kann man die Familienkutsche nicht tagelang blockieren. Ich hoffe, es stimmt, was ich sage, und die Kritiker haben noch nicht aufgegeben."

Sie parkten auf dem dafür vorgesehenen Streifen vor dem Turm der Kirche. Carmen sah am Kirchturm hoch und sagte: „Imposant."

„Wir betreten die Kirche durch den Nebeneingang", sagte Sandra, „das erregt weniger Aufmerksamkeit.

Vor dem Nebeneingang trat ein Mann auf sie zu: „Frau Kampeter, sind Sie dienstlich hier?"

„Keine Angst, das hier ist keine polizeiliche Angelegenheit, auch keine staatliche, nur eine rein kirchliche. Wir sind hier privat, etwas Neugierde spielt vielleicht mit, ich habe so etwas noch nie gesehen."

Sie betraten die Kirche und Sandra fragte den Mann, der sie weiterhin begleitete: „Ist Weihnachten?"

„Nein, aber in einer Stunde soll die Profanierung beginnen. Wie Sie hören, wird immer noch gebetet. Aber es sind auch schon viele Neugierige gekommen. Wenn das so weitergeht, hat der Bischof bald keinen Platz mehr – falls er kommt."

Carmen und Sandra gelang es, sich am rechten Seitengang ein wenig nach vorne zu salamandern. Etwa in der Mitte war endgültig Feierabend. Ab da war kein Vorwärtskommen mehr möglich.

Das Beten der Gläubigen war lauter geworden, und der Text war nun gut verständlich: „Heiliger Josef, du Beschützer der Heiligen Familie, wache über das Haus Gottes."

Die beiden Frauen sahen sich an. „Wenn der Bischof klug ist, kommt er nicht persönlich, er lässt nur das Dekret verlesen. Nach dem Kirchenrecht reicht das ja", meinte Carmen.

Eine halbe Stunde später war die Kirche voll. Alle 400 Sitzplätze im Kirchenschiff waren schon lange besetzt, die Stehplätze im Mittel- und Seitengang waren gedrängt voll, die Orgelbühne platzte aus allen Nähten. So gedrängt saß und stand man nicht einmal an Heiligabend. Dann ging vorne rechts die Tür zur Sakristei auf und sofort wieder zu. Dann öffnete sie sich noch einmal, und man sah das entgeisterte Gesicht eines Priesters. Er hatte wohl mit einer vollen Kirche gerechnet, jedoch nicht mit der gesamten Kirchengemeinde. Es waren natürlich nicht nur Abrissgegner zur letzten Heiligen Messe erschienen, sondern durchaus auch viele Befürworter eines Neubaus.

„Ob das gut geht?", dachte Sandra. „Wie wollen die das mit der abschließenden Prozession bewerkstelligen, wenn kein Platz ist?"

Bevor sie sich weitere Gedanken machen konnte, fingen die Glocken an zu läuten, wie üblich 15 Minuten vor Beginn des Gottesdienstes. Carmen und Sandra standen im Seitengang vor einer der Fensterbänke. Ein kleiner Hopser und sie saßen auf der Fensterbank. Viele folgten ihrem Beispiel. An hohen Feiertagen standen hier die Sitzbänke der Bierzeltgarnituren, die sonst nur zum Pfarrfest zum Einsatz kamen. Doch an diese Sitzmöglichkeiten hatte niemand gedacht. Befürworter und Gegner des Kirchenabrisses hatten sich selbst unterschätzt.

Carmen sah auf ihre Armbanduhr. Irgendetwas stimmte nicht. In der Sakristei tat sich was. Die Tür ging auf und wieder zu, dann erschien der völlig verzweifelte Küster. Wegen des andauernden Gebetes konnte keiner verstehen, was er wollte. Seine Gestik war allerdings eindeutig: Das Geläute ließ sich nicht mehr abstellen. Einige Männer begaben sich in die Sakristei, zwei kamen zurück und setzten sich wieder, einer direkt neben Sandra.

„Was ist?", fragte sie.

„Einige Hochintelligente haben die Steuerung des Geläutes so manipuliert, dass man das Geläut nicht mehr abstellen kann. Drückt man auf den Notknopf für das Ausstellen des Geläuts, springt er wieder zurück. Jetzt muss ein Elektriker kommen, der die gesamte Elektronik ausbaut, ohne dass der Strom vorher abgeschaltet werden kann. Tolle Leistung!"

„Und wie geht's weiter?", fragte Sandra.

„Der Elektriker muss versuchen, klüger zu sein als die Saboteure. Das kann dauern."

Und es dauerte. Die Stimmen der Betenden waren lauter geworden, denn sie mussten gegen den Lärm der Glocken ankämpfen, aber das Geläut wurde auch lauter, viel lauter.

„Was ist denn jetzt los?", fragte Sandra ihren Nachbarn, der gut informiert war.

„Es wurden wohl die Schallschutzbretter oben im Turm verstellt oder ganz entfernt. Jetzt hört die ganze Gegend den Hilferuf von St. Josef."

Nach einer guten halben Stunde erschien ein Mann im Blaumann durch die Tür der Sakristei, einen Spannungsprüfer in der Hand und jede Menge Schraubendreher im Gürtel. Das sah nach

Kompetenz aus. Er verschwand wieder in der Sakristei und ließ dort seine Kompetenz aufblitzen. Nach fünf Minuten verstummten die Glocken allmählich. Die Stimmen der Betenden waren hörbar rauer geworden, die Kraftanstrengung der letzten halben Stunde hatte Spuren hinterlassen. Deshalb resignierten die Betenden auch, als der Pastor mit großem Gefolge Einzug hielt, aber ohne Bischof. Der Gottesdienst verlief dann auch ohne jegliche Störung. Zum Schluss wurde das bischöfliche Dekret verlesen, die heiligen Gegenstände wurden in einer kleinen Prozession aus der Kirche getragen und das Gebäude hatte nur noch einen weltlichen Charakter. Es dauerte nochmals 15 Minuten, bis die Kirche sich geleert hatte.

„Das soll es jetzt gewesen sein?", fragte Carmen.

„Ich hoffe es", entgegnete Sandra.

Als sie die ehemalige St. Josefkirche verlassen hatten, sahen sie auch den Grund für das ungewöhnlich laute Glockengeläut. Die Schallbretter oben im Turm waren in der Tat entfernt worden, die Lautstärke entsprach damit der Lautstärke, die eigentlich von den Erbauern der Kirche geplant war. Noch einmal und zum letzten Mal hatte das gesamte Josefsviertel die Glocken gehört.

Die Kripo in Greven verlebte ein ruhiges Wochenende: kein Mord, kein Überfall, keine Auseinandersetzung um eine Kirche. Sandra war im Prinzip auf dem Hof Amdiek eingezogen, Carmen in Sandras Wohnung.

Aber die eigentlichen Probleme waren weiterhin ungelöst. Wen hatte man in den Wentruper Bergen ermordet und in einem Steinzeitgrab beigesetzt? Wer war der Mörder? Das Attentat auf Geert

Schulte Amdiek würde wohl nie aufgeklärt werden können, da der Täter keinen Beitrag zur Klärung des Falles leisten konnte.

Alles änderte sich am Montagmorgen. Ein Anruf aus dem LKH in Lengerich informierte die Beamtinnen, dass Willi Allmann einen plötzlichen Herzinfarkt erlitten habe und daran verstorben sei. Ein weiterer Anruf, diesmal von der KTU informierte über den DNA-Abgleich. Es gab ein verwandtschaftliches Verhältnis zwischen dem Toten aus dem steinzeitlichen Grab und Geert Schulte Amdiek. Damit war eigentlich klar, dass Enno II. und das Skelett identisch waren.

Sandra überbrachte diese Nachricht persönlich. Geert zeigte sich nicht sonderlich überrascht: „Nach dem, was du mir berichtet hattest, habe ich mit diesem Ergebnis gerechnet. Als Kind habe ich immer an die Auswanderungsgeschichte geglaubt. Es wurde ja auch kaum darüber geredet. Später gab es niemanden mehr, mit dem ich über dieses Thema hätte reden können. Warum auch? Vom Alter her muss Enno lange tot sein. Was soll sich auch ändern, jetzt nach 65 Jahren?"

„Das stimmt", erwiderte Sandra, „nicht nur Enno ist tot, auch der Mörder. Kein Gericht wird sich je damit befassen."

Zurück in der Dienststelle überraschte Carmen sie mit einer neuen Nachricht von der KTU: Die Munitionsreste, die man im Steinzeitgrab gefunden hatte, ließen keinen Rückschluss auf eine mögliche Tatwaffe zu. Auch die Waffe, die Willi Allmann benutzt hatte, war zwar uralt, aber ob sie etwas mit Enno Schulte Amdiek – wegen der Gravur – zu tun hatte, war reine Spekulation.

„Fall gelöst?", fragte Carmen.

„Irgendetwas sagt mir, dass die Geschichte mit dem verschwundenen zweiten Bruder noch nicht erledigt ist. Da kommt noch etwas auf uns zu", erwiderte Sandra.

♥

Am Nachmittag fuhren sie noch einmal zur Kirche. Sie hatten wohl damit gerechnet, dass vereinzelte Gemeindemitglieder sich dort versammelt hatten, um vielleicht ein paar Fotos von der noch existierenden Kirche zu schießen, dass aber eine ganze Hundertschaft von Fotoenthusiasten jeden Schritt des Abrisses bildlich festhalten wollte, war doch überraschend, zumal zu diesem Zeitpunkt noch nichts abgerissen wurde. Mehrere Arbeiter waren damit beschäftigt, Gegenstände und Bilder aus der Kirche in das benachbarte Gemeindehaus zu tragen. Das Firmenlogo auf einem kleinen Transporter ließ darauf schließen, dass Arbeiter einer Glockengießerei anwesend waren – wohl hoch oben im Turm –, um die Glocken zu demontieren. Die Fotografen waren in ihrem Element.

„Wollen Sie jetzt jeden Tag kommen?", fragte Carmen einen der Fotokünstler.

„Aber ja. Jeder Schritt des Abbruchs wird dokumentiert. Wir filmen auch. Vor allem fotografieren wir aber die Gegenstände, die aus der Kirche getragen werden. Nicht, dass es nachher heißt: ‚Das haben wir alles verschenkt, in die Diaspora, damit dort die Kirchen schöner werden. So eine Aktion gab es in Greven schon ein Mal, bei der Renovierung von St. Martinus."

Während der gesamten Woche blieb alles ruhig in Greven, selbst das Wetter spielte mit, doch das war nichts Besonderes, das tat es schon seit April.

Sandra war mit allem, was sie zum Leben brauchte – hauptsächlich Kleidung und Bücher – zu Geert Schulte Amdiek gezogen. Der Rest sollte zur Freude von Carmen in ihrer Wohnung bleiben – vorläufig. Von Bernadette war eine große Anspannung gewichen.

„Ich habe nie bemerkt", sagte Geert entschuldigend, dass du so viel Verantwortung tragen musstest."

„Vielleicht verstehst du jetzt", entgegnete Bernadette, „weshalb ich manchmal versucht habe, dich zu verkuppeln."

♥

Am Freitagnachmittag war es mit der Ruhe vorbei. Beim Ausbau der Glocken war es zu einem Unglück gekommen. Die größte Glocke war wegen eines Bruchs an der Aufhängung aus ihrem Lager gerutscht, war umgefallen und hatte zwei Arbeiter erheblich verletzt. Unfall oder Sabotage? Das klang nach Kriminalpolizei, also nach Carmen und Sandra. Als sie vor St. Josef standen, hatten ihre Kolleginnen und Kollegen von der Streife den gesamten Eingangsbereich schon mit Flatterband abgesperrt.

„Zwei Verletzte", meldete man ihnen, „nicht lebensgefährlich verletzt, aber sehr schmerzhaft. Quetschungen und Knochenbrüche. Die Leute hier reden schon von einem Gottesurteil."

„Und habt ihr schon oben nachgesehen, ob ein himmlischer Eingriff oder ein irdischer Fehler vorliegt?"

„Klettere einmal hoch in den Glockenstuhl, dann wird dir ganz anders. Aber unser junger Kollege Hans Pörtschke scheint absolut schwindelfrei zu sein."

Carmen wandte sich an Hans Pörtschke: „Na, Herr Kollege, schon oben gewesen?"

„Ja. Die Glocken hängen an Eichenbalken, dem sogenannten Glockenjoch. Der Balken der größten Glocke scheint morsch gewesen zu sein. Seltsam bei Eiche. Es sieht nicht nach menschlichem Eingriff aus."

„Dann zeigen Sie uns einmal die Eichenbalken", forderte Sandra ihn auf.

Der junge Kollege war tatsächlich absolut schwindelfrei. Mit traumwandlerischer Sicherheit führte er seine Kolleginnen zur verunglückten Glocke. Sandra und Carmen konnten nur bestätigen, was Hans Pörtschke berichtet hatte: morsche Stellen im Balken, keine Sägespuren oder sonstige Anzeichen menschlichen Eingreifens. Also nur natürliche Einflüsse hatten zu dem Unglück geführt. Sie bekamen aber ein Lob von Hans Pörtschke: „Meine Damen, Sie sind ganz schön fit."

Das tat gut. Wieder unten angekommen, sagte Sandra zu Carmen: „Man muss sich einmal die Frage stellen, ob die Aufhängung dieser Glocken nie untersucht worden ist. So ein Eichenbalken verfault nicht von heute auf morgen."

„Sollten wir uns nach den verunglückten Arbeitern erkundigen?", fragte Carmen.

„Auf jeden Fall", antwortete Sandra, „es kann ja sein, dass sie irgendetwas bemerkt haben."

Im Grevener Krankenhaus ließ man sie zu den beiden Arbeitern.

„Aber nur zwei Minuten", hieß es. Und weiter: „Nehmen Sie nicht alles für bare Münze, was die beiden erzählen. Sie haben sehr starke Schmerzmittel bekommen. Nur deswegen sind die Herren ansprechbar."

„So etwas kann eigentlich gar nicht passieren", sagte der eine.

„Unmöglich", fügte der andere hinzu. „Wieso brach der Balken aus der Verankerung? Bei der letzten Inspektion hätte man doch etwas bemerken müssen."

„Kann es sein, dass jemand an der Aufhängung etwas manipuliert hat?", fragte Carmen.

„Nein, wer soll denn da oben in luftiger Höhe an den Balken etwas manipulieren? Das geht ganz einfach nicht. Und die Schrauben saßen alle fest."

„Also kein irdisches Problem, sondern ein himmlisches?", fragte sie nach.

Das war wohl die falsche Frage, denn die beiden fingen an zu lachen und hörten gar nicht wieder auf.

„Ja, ja! Das war ein Einschreiten des Himmels! Wir sollten die Glocken wahrscheinlich nicht demontieren."

Die beiden Damen verabschiedeten sich und gingen zurück zum Parkplatz.

„Den letzten Satz der beiden Arbeiter teilen wir weder der Presse noch den Abrissgegnern mit. Sonst gibt es noch eine Revolution. ‚Gott persönlich mischt sich ein und verhindert den Abbruch von St. Josef', heißt es dann noch. Wobei man sich fragen muss, ob Gott das Leben von zwei Arbeitern opfert, um den Abbruch einer zu groß gewordenen Kirche zu verhindern. Fahren wir doch einfach einmal zum Pfarrer von St. Martinus. Der müsste doch wissen, ob die Aufhängung der Glocken regelmäßig überprüft wird", entschied jetzt Sandra.

Der Pfarrer von St. Martinus wusste natürlich genau Bescheid: „Selbstverständlich werden unsere Glocken und zwar alle unsere Glocken regelmäßig überprüft und nach den ‚Limburger Richtlinien' begutachtet. Dabei geht es zwar hauptsächlich um den Klang, ob dieser Klang kirchenwürdig ist. Der Glockensachverständige überprüft aber auch die Sicherheit im Glockenstuhl. Alle Schrauben werden dabei nachgezogen, um zu verhindern, dass das passiert, was vor einiger Zeit in Köln passiert ist, wo sich ein Klöppel selbständig gemacht hat. Darüber gibt es immer einen detaillierten Prüfbericht. Manche der Eichenbalken im Glockenstuhl sind mehrere Hundert Jahre alt, hier in St. Martinus zum Beispiel. Massive Eiche ist eigentlich unzerstörbar. Deshalb ist es unerklärlich, wieso ein Unglück wie das von St. Josef überhaupt passieren konnte. Das kann noch Theater geben. Die Presse, bis hin zum Fernsehen, wird erscheinen, und wir können den Unfall nicht erklären."

„Sie müssen bei Ihrer Wortwahl aufpassen", meinte Sandra Kampeter, „Unerklärliches wird leicht als Wunder abgetan. Damit leisten Sie den Abrissgegnern einen Bärendienst und St. Josef wird zum Wallfahrtsort. Carmen, wir müssen noch einmal hoch auf den Turm von St. Josef und alles detailliert fotografieren."

„Meine Gebete werden Sie begleiten", fügte der Pfarrer noch hinzu.

Vor der Tür fragte Carmen: „Wir beiden alleine?"

„Du hast doch bestimmt schon die Telefonnummer dieses jungen Kollegen."

„Der ist nicht jünger als ich. Aber ich habe die Telefonnummer natürlich. Man muss doch Kontakte knüpfen."

Ein Anruf reichte und Hans Pörtschke versprach, die beiden Damen noch einmal in den Glockenstuhl zu begleiten. Hans Pörtschke war pünktlich vor der Kirche. Eine Kollegin hatte ihn im Streifenwagen begleitet.

„Passt gut auf ihn auf!", sagte diese, als sie den erneuten Aufstieg begannen.

„Es ist wohl eher umgekehrt, er muss auf uns aufpassen", entgegnete Sandra.

Sie hatte den Fotoapparat in einen kleinen Rucksack gepackt, dazu eine Taschenlampe. Oben angekommen, benötigten sie in der Tat die Unterstützung von Hans Pörtschke. Der stand freihändig auf einem nur 15 cm breiten Balken, den Fotoapparat in der Hand und machte die Aufnahmen. Carmen leuchtete mit der Taschenlampe den Aufnahmebereich aus und Sandra gab einige Anweisungen.

Auf einmal sagte der junge Kollege: „Sehen Sie einmal nach oben. Dort scheint Licht durch das Dach einzufallen. Und wo Licht eindringt, kann auch Wasser eindringen."

Sandra musste sich zwingen, die Augen zu heben, aber Herr Pörtschke hatte recht. Tatsächlich gab es dort einen kleinen Schaden am Dach. Von dort konnte Wasser eingedrungen sein. Das war hier wohl der Fall.

„Bitte alles fotografieren!", meinte sie, „und zwar möglichst groß. Auch das Mauerwerk, denn das scheint dort wirklich marode zu sein. Deshalb ist der Balken bei der Demontage der Glocke ausgebrochen. Hier liegen ja genügend Ziegelsteinbrocken. Das sollte der Beweis sein, dass wir es hier mit einer sehr natürlichen Ursache zu tun haben."

Sie bat ihren Fotografen noch, das Mauerwerk an der Stelle, wo das Glockenjoch ausgebrochen war zu untersuchen.

„Hier ist Feuchtigkeit eingedrungen", erklärte er, „das Mauerwerk kann man mit den Fingern zerbröseln. Ein Wunder, dass da nicht schon früher etwas passiert ist."

Von der Höhe des Glockenturms von St. Josef informierte Sandra den Pfarrer von St. Martinus über den irdischen Grund für das Unglück beim Glockenausbau.

„Ich danke Ihnen vielmals. Mir fällt jetzt ein Stein vom Herzen. Und kommen Sie wohlbehalten wieder unten an."

♥

Samstagmorgen auf dem Hof Schulte Amdiek. Frühstück war angesagt. Frau Elten hatte wie immer am Wochenende frei, hatte aber die Einkäufe fürs Wochenende erledigt. So war alles vorhanden, was man für drei Personen benötigte. Auf jeden Fall schien es auf dem Hof Käseliebhaber zu geben, denn die Auswahl war groß. Geert war unterwegs, um frische Brötchen zu holen. Sandra wechselte zwischen Herd und Tisch hin und her, es gab unter anderem Rührei mit Schinkenwürfeln. Als Geert zurückkam, setzte sich Bernadette gerade an den Tisch – im Schlafanzug.

„Papa, auf diesen Augenblick habe ich seit langem gewartet. Einmal das zu tun, was andere 13-Jährige immer tun. Jetzt darfst du sagen ‚Erst waschen und anziehen‘, dann würde ich sagen ‚Du hast recht‘. Sandra hat nicht gemeckert, weil sie – weibliche Intuition – gespürt hat, dass das hier keine Machtdemonstration meinerseits ist. Davor brauchst du übrigens keine Angst zu haben, Sandra. Das ist nicht meine Art."

„Bernadette, es ist schon lange her, dass ich einmal Angst hatte. Wie du weißt, habe ich es manchmal mit schweren Jungs zu tun. Die schaff ich. Angst gibt es bei mir nicht."

„Das solltest du hier auch nie empfinden, schließlich war ich daran beteiligt, dass du hier eingezogen bist. Und das ist gut so! Papa, ich sitze hier so, weil ich lange über etwas nachdenken musste, was ich mit dir zu bereden habe."

„Dann komm zur Sache!"

„Hast du etwas dagegen, dass ich heute Nachmittag mit Carmen nach Münster fahre?"

„Warum sollte ich."

„Ich möchte mir gerne einmal dieses Baby ansehen."

„Welches Baby?"

„Das von der Enkelin von Conny, der Freundin von Enno."

„Warum?"

„Das weiß ich nicht. Aber stell dir einmal vor, Enno II. hätte Conny geheiratet, dann wäre sie jetzt hier auf dem Hof und wir irgendwo. Und diese Jenny steht mit ihrer Julia da und hat nichts, überhaupt nichts. Wenn diese Greta und ihr Rick sie nicht aufgenommen hätten, was wäre dann? Ich darf gar nicht darüber nachdenken. So etwas darf eigentlich nicht passieren."

„Und dieses Baby willst du jetzt begucken?"

„Ja. Und mit Greta über Zukunft reden."

„Über deine Zukunft?"

„Nein, allgemein über Zukunft. Du brauchst keine Angst zu haben. Natürlich übernehme ich den Hof. Stell dir aber einmal vor, wir hätten nicht nur einmal so einen extrem trockenen Sommer wie dieses Jahr, sondern das wird zur Regel. Dann ist das mit der Landwirtschaft hier vorbei. Dann können die Bauern umschulen, Bademeister zum Beispiel."

„Jetzt mal den Teufel nicht an die Wand. So trocken bleibt es nicht auf Dauer."

„Das hoffe ich."

„Zurück zum Thema. Du möchtest also dieser Jenny anbieten, hier auf dem Hof – wenigstens vorübergehend – einzuziehen, nicht wahr?"

„Papa, wie kommst du auf diese Idee?"

„Bernadette, seit dem Tod deiner Mutter habe ich dich immer sehr genau beobachtet. Ich kenne dich genauer, als du denkst. Es war nie Kontrolle, aber Fürsorge. Wo willst du denn Jenny und Julia unterbringen?"

„Erst einmal würden sie – falls sie überhaupt wollen – nur zu Besuch kommen. Der Rest wird sich zeigen."

„Dann bin ich gespannt."

„Was gibt es heute Mittag zu essen?"

„Überraschung!", meldete sich Sandra. „Und ich kann Bernadette nur zustimmen: Das Baby ist eine Wucht. Es lächelt jeden an, der sich mit ihm beschäftigt."

♥

Kurz nach dem Mittagessen war Bernadette verschwunden, abgeholt von Carmen. Als sie die Wohnung von Greta und Rick betraten, sahen sie das, was Carmen vielleicht erwartet hatte, was Bernadette jedoch sehr überraschte: Rick trug Julia auf dem Arm und unterhielt sich mit ihr in einer völlig unbekannten Sprache.

„Sind Sie der Vater von Julia", entfuhr es Bernadette.

„Nein, bestimmt nicht. Wenn ich jetzt gesagt hätte ,Leider nicht', wäre Greta eingeschritten."

Sie betraten das Wohnzimmer, in dem sich Greta und Jenny befanden.

Bernadette stellte sich selbst vor: „Mein Name ist Bernadette Schulte Amdiek."

Und an Jenny gewandt, fuhr sie fort: „Wir beiden wären heute verwandt, wenn damals, vor 65 Jahren, mein Urgroßonkel Enno Ihre Großmutter Conny geheiratet hätte."

„Das mag sein", erwiderte Jenny, „aber soviel ich weiß, ist Enno plötzlich auf und davon. Nach Kanada, sagte man. Die Hochzeit fand nie statt."

„Was ich jetzt sage, muss bitte unter uns bleiben, die Geschichte ist mir peinlich, lässt sich aber nicht mehr ändern.

Enno hatte nie die Absicht auszuwandern, er wollte Conny heiraten. Die Geschichte mit der Auswanderung wurde später erfunden, damit keiner Fragen stellen konnte. Enno wurde höchstwahrscheinlich ermordet, erschossen von seinem eigenen Bruder. Es ging um die Erbfolge auf dem Hof Amdiek. Mehr möchte ich dazu nicht sagen, denn ich sehe schon, dass Carmen entsetzt ist, dass ich hier Geheimnisse ausplaudere, die eigentlich nicht für die Öffentlichkeit bestimmt sind. Aber ich bin hier, um zu erfahren, was alles hätte passieren können. Ich lebe auf dem Hof Schulte Amdiek, und wenn ich jetzt sage, dass ich mit der Situation nicht unbedingt glücklich bin, dann hat das nichts mit der Geschichte zwischen Enno und Conny zu tun. Für mich gab es nie eine Alternative in der Berufsfindung. Einen 400 ha Hof gibt man nicht einfach auf und sagt: ‚Ich werde Grundschullehrerin', ‚Ich entwerfe Möbel', ‚Ich studiere Medizin'. Man erbt nicht nur den Hof, sondern auch eine Verpflichtung. Dieser Verpflichtung kann man nicht entgehen. Hätte ich weitere Geschwister, könnte man über so etwas reden.

Als meine Mutter vor drei Jahren während einer Kutschfahrt – die Pferde waren durchgegangen – tödlich verunglückte, wusste ich, dass es für mich keine Alternative geben würde. Ich habe nie über diese Situation nachgedacht, ich habe einfach nur funktioniert. Mit 13 will man aber nicht einfach funktionieren. Obwohl das manchmal Spaß macht. Wir leben sozusagen von der Fleischproduktion. Unsere schottischen Galloways sind das ganze Jahr auf der Weide. Wenn sie kalben, dann geschieht das ohne menschliche Hilfe. Bei den Charolais ist das anders. Ich halte sie für überzüchtet, wandelnde Fleischberge. Sie brauchen oft menschliche Hilfe, wenn sie kalben. Ich habe schon wohl bei 100 Kälbern die Hebamme gespielt. Das ist ein Erfolgserlebnis, macht Spaß und bindet an den Hof.

Jetzt rede ich die ganze Zeit über Landwirtschaft und Sie wissen gar nicht, weshalb ich hier bin. Erstens möchte ich Jenny und Julia zu uns auf den Hof einladen. Frische Luft tut Babys gut."

„Dem kann ich nur zustimmen", sagte Rick.

„Und zweitens möchte ich mich gerne mit Frau Carlsson über den Begriff ‚Zukunft' unterhalten."

Rick sah sich um und meinte: „Eine Frau Carlsson sehe ich hier nicht. Eine Greta, ja. Eine künftige Frau Odenthal, ja. Also redet. Ich nehme Julia und gehe spazieren."

Als er zurückkam, waren Entscheidungen gefallen. Jenny wollte sich den Hof einmal ansehen, natürlich mit Julia. Weiteres würde man sehen. Greta hatte Bernadette überzeugt, dass man mit 13 noch nicht wissen muss, was man später einmal macht. Manchmal greift das Schicksal entscheidend ein und alle Gedanken diesbezüglich sind dann sinnlos geworden.

♥

Sandra und Geert waren nach dem Mittagessen sitzengeblieben.

„Was machen die beiden jetzt?", fragte Geert.

„Keine Sorge! Ich kenne die Mutter von Rick sehr gut. Die hat ihren Sohn prima erzogen, mit viel Liebe. Seine Greta ist hochintelligent und hat nicht nur Rick im Griff, sondern auch das Leben. Sie hat vieles ausprobiert, weiß aber mittlerweile, was sie will. Wenn sie das an Bernadette weitergeben kann, kannst du unbesorgt sein."

„Und deine beruflichen Probleme?"

„Der Fall Hünengrabskelett ist ja praktisch gelöst. Da kommt nichts mehr. Eine Frage ist natürlich, was wird aus dem Fall St. Josef? Wer auf dich geschlossen hat, das wissen wir. Doch ich bin sicher, dass der verstorbene Willi Allmann nur vorgeschickt wurde, dass sein religiöser Wahn ausgenutzt wurde. Wer steckt dahinter? Und was ist mit deinem zweiten Großonkel? Wo ist der abgeblieben? Nach weiteren Steinzeitgräbern zu suchen, um sie zu öffnen, ist unsinnig. Aber irgendwie habe ich das Gefühl, dass ein gewaltiger Hammer noch auf uns wartet."

„Und du glaubst noch etwas aufklären zu können?"

„Das ist mein Beruf, das habe ich gelernt. Nächste Woche gehe ich mit Carmen zur Beerdigung von Willi Allmann. Vielleicht sehen oder bemerken wir etwas, was uns weiterhilft."

Dann setzten sie sich in den Garten – Bauerngarten natürlich – und genossen die Sonne. Man muss allerdings sagen, Sandra genoss die Sonne, Geert wartete auf Regen. Sandra genoss auch die komfortablen Liegestühle.

„Wo kann man die kaufen? Die sind schon extrem bequem."

„Warum willst du solche Stühle kaufen? Hier hast du sie umsonst. Die hat meine Frau per Internet in Frankreich bestellt. Für das Geld kannst du hier drei Gartengarnituren kaufen."

„Die sind aber bestimmt nicht so bequem."

Kurz nach 18.00 Uhr trudelten Carmen und Bernadette auf dem Hof ein. Bernadette hatte nicht mehr den grüblerischen Gesichtsausdruck vom Morgen.

„Papa, ich habe alles geklärt. Über meine Zukunft mache ich mir keine Gedanken. Im Augenblick gibt es etwas, was viel wichtiger ist, weil es die Gefühle anspricht. Jenny wird uns mit ihrer Tochter Julia besuchen. Ich würde mir wünschen, dass sie hierbleiben, wenigstens für eine gewisse Zeit. Sie melden sich."

♥

In Greven war es endlich ruhig, der einzige Lärm kam vom Abriss von St. Josef, aber sogar der hielt sich in Grenzen. Am Montag wurden alle Glocken ausgebaut und abtransportiert, dokumentiert von den Fotografen des Josefsviertels. Es gab keine weiteren Zwischenfälle. Der Abbau der Orgel ging zügig vonstatten, nach nur einer Woche war die Kirche wirklich leer, ein großer leerer Raum. Nichts erinnerte mehr an die alte Kirche. Die farbigen Kirchenfenster waren ebenfalls ausgebaut worden, das Glas konnte wiederverwendet werden. Die mit dem Rückbau – man sprach nicht mehr von Abbruch – betrauten Firmen legten ein atemberaubendes Tempo vor.

Für Mittwochnachmittag 14.00 Uhr war die Beisetzung von Willi Allmann angesetzt. Nach einer Andacht in der Friedhofskapelle St. Michael würde sich die Trauergemeinde auf den Weg zum Grab machen.

Sandra und Carmen waren frühzeitig erschienen, um ihre Vorbereitungen zu treffen. Sie wollten Aufnahmen von allen Personen machen, die zur Beisetzung erscheinen würden oder sich hinter Bäumen und Hecken versteckten. Mit Fotoapparat und Kamera ausgestattet, blieben sie vor der Kapelle stehen. Unauffällig sollte alles geschehen, deshalb zogen sie sich etwas in Richtung der ersten oder zweiten Gräberreihe zurück.

Es kamen viele Trauergäste, Sandra kannte nicht einen.

„Was machen wir hier eigentlich?", fuhr es ihr durch den Kopf.

Auf der Beerdigung eines ihr unbekannten Mannes wollte sie verdächtige Personen identifizieren. So ein Unsinn! Wer könnte denn hier verdächtig sein. Die alte Frau, zehn Meter neben ihr, die vor einem Grab stand und leise betete? Oder der Mann, der eine Reihe hinter ihr ein Grab pflegte und sich immer wieder umsah?

Die kleine Totenglocke hatte angefangen zu läuten. Das war das Zeichen, dass in fünf Minuten die Andacht beginnen würde.

Dann geschah etwas, womit wohl keiner mit Ausnahme der Familie gerechnet hatte. Durch das weit geöffnete Tor am Friedhofseingang fuhr ein Bus im Schritttempo bis kurz vor die Kapelle. Dem Bus entstiegen ein gutes Dutzend Arbeitskolleginnen und Arbeitskollegen von Willi Allmann. Mit ihren Betreuern gingen sie in die Kapelle, wo man zwei Reihen für sie reserviert hatte.

Carmen war auf Sandra zugegangen: „Was machen wir hier? Wer will hier wem etwas antun?"

„Ich glaube auch, dass unsere Idee nicht gut war. Aber abbrechen geht auch nicht, jetzt müssen wir da durch."

Plötzlich hörten sie etwas, was für einen Friedhof und für eine Beerdigung ungewöhnlich war: einen Schuss. Der Schuss war eindeutig nicht aus der Kapelle gekommen, sondern irgendwo auf dem Friedhof abgefeuert worden.

„Komm Carmen, rechts um die Kapelle."

Sie liefen los und kamen rechts hinter der Kapelle an den Ort, wo die Friedhofsgärtner ihr Werkzeug in einigen Garagen lagerten. Carmen wandte sich an den einzigen dort anwesenden Gärtner.

„Wo soll Willi Allmann beerdigt werden?"

„Dort", zeigte er, „nicht weit vom Hochkreuz entfernt. Meinen Sie, da hat jemand geschossen?"

Diese Frage konnte im Augenblick keine der Damen beantworten.

„Es hörte sich so an", antwortete Sandra.

„Kommen Sie, ich führe Sie dahin."

Es waren nur 200 Meter, dann hatten sie ihr Ziel erreicht. Ein kleiner Erdhügel zeigte an, dass hier eine Grabstätte ausgehoben worden war. Sonst war nichts zu sehen, aber auch niemand war zu sehen. Carmen, die nahe ans Grab getreten war, winkte Sandra zu sich. Auf dem Boden des ausgehobenen Grabes lag eine Frau mit dem Gesicht nach unten.

Sandra, Carmen und der Friedhofsgärtner standen am Rande des Grabes und starrten nach unten. Wer lag dort? Dass es eine Frau war, ließ sich anhand der Kleidung erschließen. Diese Frau hielt einen Revolver in der Hand. Deshalb auf Selbstmord zu tippen?

„Wahrscheinlich Selbstmord", schloss Sandra aus ihrer erhöhten Position. „Aber seht einmal auf die Waffe! Wer besitzt heute noch einen Revolver? Wenn jemand eine Kurzwaffe besitzt, dann ist es in aller Regel eine Pistole. Man müsste runter, ohne mögliche Spuren zu zerstören."

Quer über dem ausgehobenen Grab lagen zwei dicke Holzbalken, auf denen der Sarg abgestellt werden sollte, bevor er dann abgesenkt wurde.

„Wenn wir die Balken näher zusammenschieben", schlug der Gärtner vor, „dann könnte ich mich daraufstellen und eine der Damen nach unten lassen. Vertrauen Sie mir?"

Sandra trat nach vorne: „Damen vertrauen Herren immer. Im Augenblick bin ich dabei, mich in die Hände eines Mannes zu begeben. Warum nicht auch in die Hände eines zweiten Mannes? Schieben wir doch die Balken näher zusammen! Und versprechen Sie mir, mich auch wieder hochzuziehen?"

„Gnädige Frau, aus ihren Äußerungen kann ich entnehmen, dass Sie hier oben noch gebraucht werden. Also keine Angst! Ich ziehe Sie auch wieder nach oben."

Der Gärtner stellte sich auf die beiden Balken, Sandra ging vor ihm in die Hocke und gab ihm die Hände. Er zog sie leicht hoch, sie hob leicht die Beine und streckte sie nach unten, dann beugte er sich etwas, und sie hatte wieder festen Boden unter den Füßen. Sandra zog die Untersuchungshandschuhe an und hob den Kopf der Frau leicht an.

„Eindeutig ein Schuss in die Schläfe", sagte sie, „das spricht für Selbstmord."

Sie nahm ihren Fotoapparat, hob den Kopf der Frau mit der anderen Hand und schoss eine ganze Serie von Aufnahmen. Dann fotografierte sie weiter, besonders der Revolver hatte es ihr angetan.

„Ein antikes Modell", sagte sie laut, „ein Colt, Modell Navy, ein reines Sammlerstück. Wie kommt das ins tiefste Westfalen?"

Danach ließ sie sich vom Gärtner wieder hochziehen. Sie machte sich kurz am Fotoapparat zu schaffen und zeigte dem Gärtner das Gesicht der Frau.

„Haben Sie diese Frau schon einmal gesehen?"

„Ja. Ich kenne sie aber nicht. Ich war vor kurzem auf einer dieser Veranstaltungen zum Abriss der St. Josefkirche. Da war sie auch anwesend und hat sich mächtig für die Position des Bischofs ins Zeug gelegt. Dabei habe ich sie gesehen. Sonst hätte ich sie nicht wiedererkannt. Aber sie hat sich dabei so ereifert, dass man sich dieses Gesicht einfach merken musste."

„Danke", erwiderte Sandra, „ich glaube, Sie waren uns eine große Hilfe. Bleiben Sie bitte noch einen Augenblick hier. Meine Kollegin holt eben Flatterband aus dem Kofferraum, damit wir diesen Ort absperren können und ich muss zur Kapelle, um zu verhindern, dass die ganze Trauergemeinde sich nach hierhin bewegt. Außerdem muss ich eben die Kollegen von der Spurensicherung anrufen. Die werden dann hier erscheinen und alles Weitere unternehmen."

„Mannomann", meinte der Gärtner kopfschüttelnd, „das haben wir ja noch nie gehabt: Flatterband auf dem Friedhof, und jemand, der beziehungsweise die nicht schnell genug unter die Erde kommen konnte. Ich warte hier."

Sandra und Carmen eilten unterschiedlichen Zielen entgegen, wobei Sandras Aufgabe eindeutig schwieriger war, nicht der Anruf bei den Kollegen, aber wie sollte sie den Trauergästen klar machen, dass die eigentliche Beisetzung ausfallen müsse, da das Grab schon ‚belegt' sei?

Innerhalb von zwei Minuten hatte sie den Nebeneingang der Kapelle erreicht, durch den der Sarg zur Beisetzung mittels eines Wagens transportiert wurde. Dort standen – Gott sei Dank – noch sechs ältere Männer vor der Tür, die Sargträger. Sie verdienten sich mit dieser Arbeit ein Zubrot. Sandra zeigte ihnen ihren Dienstausweis.

„Es tut mir leid, aber die Beisetzung fällt heute aus. Es liegt bereits eine Leiche im Grab."

„Sie wollen damit sagen, dass der Schuss eben …"

„Richtig. Der Schuss hat eine Leiche zur Folge, und die liegt nun im ausgehobenen Grab."

Sandra ging zur Tür und öffnete sie einen Spalt breit. Sie sah den Pfarrer von St. Martinus, der höchst persönlich die Beerdigung durchführte, das heißt durchführen wollte.

„Wir verharren einen Augenblick im stillen Gedenken an den Verstorbenen", sagte er gerade, als er Sandra sah. Sie machte ihm ein Zeichen zu ihr zu kommen, denn es war ihr kaum möglich, sich vor die Trauergemeinde zu stellen und mitzuteilen, dass das Grab zurzeit von einer anderen Person belegt sei.

„Frau Kampeter, kann ich etwas für Sie tun?", fragte der Pfarrer.

„Ich störe Sie nur ungern, aber Folgendes ist passiert."

Als Sandra mit ihrem Bericht fertig war, war der Pfarrer auch fertig, fix und fertig sozusagen.

„Das ist hier noch nie passiert. Wem haben wir das zu verdanken?"

Sandra zeigte ihm das Foto, das sie am Grab geschossen hatte.

„Aber das ist doch Gertrud Rammler, eine ziemlich nervige Dame, die sich extrem für den Kirchenneubau eingesetzt hat."

„Hatte sie etwas mit Willi Allmann zu tun?"

„Das weiß ich nicht. Wir von der Pfarrverwaltung haben versucht, uns aus den völlig überzogenen Diskussionen und Aktionen herauszuhalten. Aber ich muss jetzt zurück. Das wird eine schwierige Ansprache."

Sandra hörte sich die Rede natürlich nicht an, sie ging zurück an das für Willi Allmann vorgesehene Grab. Dort standen mittlerweile zwei Kollegen von der Streife, die Carmen halfen, mit dem Flatterband das Grab etwas weiträumiger abzusperren.

Einer der Kollegen kam auf Sandra zu und fasste die Situation wie folgt zusammen: „In Greven erlebt man ja vieles, was bei der Ortsgröße eher ungewöhnlich ist. Aber dass jemand sich so geschickt erschießt, dass er in ein offenes Grab fällt, das ist wohl einmalig."

Nach einer weiteren halben Stunde traf die Spusi in Begleitung einer Ärztin ein, die die Leichenschau vornehmen wollte.

„Was ich jetzt mache, heißt im englischen Sprachgebrauch ‚public viewing', ein Ausdruck, den wir im Deutschen irgendwie anders gebrauchen. Aber wie komme ich nach unten? Mit 55 springt man nicht einfach zwei Meter tief."

„Vertrauen Sie sich dem Friedhofsgärtner dort an", sagte Sandra. „Er ist ein sehr kräftiger Mann. Der lässt Sie runter und holt Sie wieder hoch."

Gesagt, getan. Der Friedhofsgärtner hatte einen neuen Job. Als die Ärztin wieder oben war, schüttelte sie den Kopf: „Selbstmord. Das ist klar! Aber sich mit einer Museumswaffe zu erschießen, das ist schon seltsam. Das ist ein Colt Navy, wahrscheinlich Modell 51, kein Nachbau, ein Original, eine Perkussionswaffe. So eine Waffe sieht man im Museum oder bei Sammlern. Ich habe noch nie jemanden mit so einer Waffe rumlaufen sehen. Wir sind doch nicht im Wilden Westen! Und selbst dort lief keiner mit so einer altertümlichen Waffe durch die Gegend. Aber da fällt mir ein, ihr hattet doch vor kurzem hier in Greven ein Attentat mit einer älteren Waffe. Und dann gab es dieses Skelett in einem Steinzeitgrab. Die Munition, die dort gefunden wurde, war auch nicht aus diesem Jahrhundert."

„Sie haben recht", antwortete die Oberkommissarin. „Wir werden uns einmal in der Wohnung der Toten umsehen. Vielleicht stoßen wir dort auf weitere Hinweise."

Ein Anruf bei der Staatsanwaltschaft genügte und man versprach Sandra, einen Durchsuchungsbefehl für die Wohnung von Gertrud Rammler und für das Zimmer von Willi Allmann an die Dienststelle zu senden.

Auf dem Weg zurück zum Auto fragte Sandra: „Nun, Carmen, hattest du so etwas in Greven erwartet?"

„Bestimmt nicht. Hier wird gemeuchelt und gemordet, was das Zeug hält. Das sind ja fast schwedische Verhältnisse."

Sandra sah sie fragend an.

„Nun ja, wenn man schwedische Krimis liest, dann laufen dort nur Serienmörder rum."

„So weit sind wir noch nicht, aber was nicht ist, kann ja noch werden."

♥

Zurück auf der Dienststelle wurden sie sofort mit den Durchsuchungsbeschlüssen beglückt.

„Zuerst zu dieser Gertrud Rammler", meinte Carmen, „dort stören wir niemanden. Bei Familie Allmann redet jetzt bestimmt niemand gerne mit der Polizei. Erst ein Toter, dann fällt die Beerdigung aus, das muss man erst einmal verkraften."

Also fuhren sie in ein Neubaugebiet in Grevens Südosten. Gertrud Rammler wohnte zur Miete in einem kleineren Objekt: sie oben, der Eigentümer unten. Sandra klingelte beim Eigentümer und stellte sich vor.

„Guten Tag, mein Name ist Kampeter, das ist meine Kollegin de la Rosa."

Beide zeigten ihre Dienstausweise.

„Keine Angst, es geht nicht um sie, sondern um ihre Mieterin Gertrud Rammler. Sie ist doch ihre Mieterin, nicht wahr?"

„Ja, ja. Hat sie etwas angestellt?"

„Ich kann Ihnen nur mitteilen, dass sie tot ist. Wahrscheinlich Selbstmord. Wir müssen einmal in ihre Wohnung. Hier ist der Durchsuchungsbeschluss."

Der Vermieter fiel aus allen Wolken: „Aber ich habe Frau Rammler doch heute noch gesehen. Weshalb hat sie das gemacht?"

„Das wüssten wir auch gerne. Deshalb wollen wir uns die Wohnung von Frau Rammler ansehen. Haben Sie vielleicht einen Schlüssel für die Wohnung?"

„Nein. Frau Rammler war sehr eigen. Muss jetzt ein Schlüsseldienst kommen und die Tür öffnen?"

„Ich hoffe nicht", beschwichtigte Sandra den Hauseigentümer. „Ich will es einmal versuchen, ohne dass ein Schaden an der Tür entsteht."

Der besorgte Vermieter begleitete die beiden Damen bis zur Wohnungstür.

„Aber bitte vorsichtig!"

Sandra hatte ihr Werkzeug aus der Innentasche ihrer Jacke gezogen. Nach wenigen Sekunden sprang die Tür auf. Der Vermieter war erleichtert.

Sandra und Carmen betraten die Wohnung, baten aber den Vermieter, an der Eingangstür zu warten. Sie gingen über einen kleinen Flur ins Wohnzimmer und blieben überrascht stehen. Die gesamte freie Wand, an der nur ein Sofa stand, war dekoriert mit Waffen.

„Das sind keine neuen Waffen", meinte Carmen.

„Stimmt", bestätigte Sandra, „einige dieser Waffen scheinen nur Dekorationswaffen zu sein, der größte Teil ist aber dem Anschein nach voll funktionstüchtig. Jetzt wissen wir, woher die Waffen stammen, die beim Attentat und beim Selbstmord Verwendung fanden, stammen."

Im Schlafzimmer fanden sie noch einen größeren Karton voll mit Kurz- und Langwaffen.

Sandra schaute sich ungläubig um: „Von Waffennarren habe ich schon gehört, aber ich glaube, die weibliche Form dieses Wortes gibt es gar nicht. Fragen wir doch einmal den Eigentümer, was er davon weiß, denn das Anbringen der Waffen an der Wohnzimmerwand geht nicht ohne Bohrmaschine. Das hört man im ganzen Haus."

Der Eigentümer war völlig verdattert: „Das habe ich nicht gewusst. Die Waffen muss sie angebracht haben, als wir nicht im Hause waren. Sonst hätten wir das gehört."

„Hatte Frau Rammler des Öfteren Besuch?"

„Nein, nie. Erst in den letzten Wochen kam ab und zu ein Mann, der aber abends immer wieder verschwand. Nach dem, was wir mitbekommen haben, hat er hier nie übernachtet. Ich kenne ihn aber nicht."

Sandra zeigt ihm ein Foto von Willi Allmann.

„Ja, das ist er. Eine seltsame Type."

„Wieso?"

„Er sprach so seltsam. Er sagte nie ,Guten Tag' sondern ,Gott zum Gruße' oder ähnliche Ausdrücke."

„Können Sie uns sonst noch etwas über Frau Rammler oder diesen Mann erzählen?"

„Nichts, gar nichts. Normalerweise lädt man sich gegenseitig ein, wenn man zusammen in einem Haus wohnt. Wir haben Frau Rammler ab und zu eingeladen. Sie hat uns immer mit der Ausrede ,Ich kann nicht kochen' in eine Gastwirtschaft eingeladen. Jetzt weiß ich, weshalb wir nicht in ihre Wohnung durften. Wir sollten die Waffen nicht sehen. Was wollte Frau Rammler damit?"

„Wenn wir das wüssten, wären wir ein Stück weiter. Sie werden gleich noch Besuch bekommen, einige Kollegen werden die Waffen abholen. Die können wir nicht hier lassen."

♥

Auf dem Weg zu ihrem Wagen unterhielten sich Sandra und Carmen weiter über den Waffenfund.

„Sandra, du bist doch die erfahrenere Kriminalistin von uns beiden. Also erklär mir bitte den Waffenfund. Was will jemand mit ca. 50 alten bis uralten Waffen?"

„Keine Ahnung. Ich habe noch nie von so einem Fund gehört. Das ist wohl einmalig. Ich kenne mich ein wenig mit alten Waffen aus. Die Waffen, die wir bei Frau Rammler gefunden haben, sind Museumswaffen. Damit zu schießen, das erfordert Kenntnisse und Erfahrung. Ein Colt Navy ist sehr beliebt unter Sammlern. Damit schießt man aber nicht. Das ist eine Perkussionswaffe, also eine Vorderladerwaffe. Die Patronen muss man selbst herstellen, man braucht ein Zündhütchen und so weiter. Gut, vieles kann man heute über das Internet erwerben. Aber was will man mit so einer Waffe anfangen? Für einen Selbstmord, wie im Fall Gertrud Rammler, ist sie zu gebrauchen. Aber diese Attentatswaffe war nicht mehr zielsicher. Weshalb überlässt Gertrud Rammler ihrem Freund oder Bekannten gerade diese Waffe? Sollte Geert nur eingeschüchtert werden? Die Kugel schlug zwischen Geert und Bernadette auf, etwa einen Meter von den beiden entfernt. Absicht oder Zufall?

Wir können ab jetzt davon ausgehen, dass nicht mehr geschossen wird. Fahren wir zu Willi Allmanns Familie. Die dürften inzwischen zuhause sein. Vielleicht erfahren wir dort mehr."

Mit einem etwas mulmigen Gefühl drückte Sandra Kampeter auf die Klingel der Familie Allmann. Ein etwa 16-jähriges Mädchen öffnete die Tür, ein Mettbrötchen in der Hand. Sandra stellte sich und Carmen vor.

„Ach ja", sagte das Mädchen, „ich habe Sie flüchtig gesehen, beim Betreten der Friedhofskapelle. Möchten Sie auch ein Brötchen? Die sind wirklich gut. Die Beerdigung von Onkel Willi ist ja nun ausgefallen, aber die belegten Brötchen in der Gastwirtschaft waren bestellt. Und bevor die alle in die Biotonne wandern, haben wir sie mitgenommen. Also möchten Sie? Mett, Schinken, Wurst, Käse, alles vorhanden."

„Aber das geht doch nicht", warf Sandra ein.

„Doch, das wäre eine große Hilfe. Wir sind zwar eine große Familie, aber 100 belegte Brötchen, das ist eindeutig zu viel. Was übrig bleibt, wird weggeworfen."

Eine Frau näherte sich und fragte, was sie tun könne.

„Lass mal, Mama, die beiden Damen sind von der Polizei und haben noch einige Fragen zu Onkel Willi. Ich mach' das schon."

Die Frau ging wieder.

„Ich heiße übrigens Isabell Allmann, Willi Allmann war mein Onkel. Fragen Sie, was Sie wollen. Ich weiß sowieso mehr über Onkel Willi als der Rest der Familie. Denen ist einiges peinlich und das erzählen sie dann nicht. Wie steht's mit Brötchen?"

„Ja, danke. Heute ist schon unser Mittagessen ausgefallen. Etwas Stärkung könnten wir gebrauchen. Sie ..."

„Du, bitte. Ich bin 16. Mit ‚Sie' fühlt man sich um Jahre gealtert. Am besten gehen wir in Onkel Willis Zimmer. Da stört uns keiner. Treppe hoch, letztes Zimmer rechts. Ich komme sofort nach."

Sandra und Carmen folgten der Anweisung und betraten ein Zimmer, das genauso ungewöhnlich war, wie das von Gertrud Rammler. Nur dass es hier keine Waffen gab. Dafür Heiligenbilder und Bildchen. Damit waren die Wände praktisch tapeziert. Auf einer Kommode standen wohl ein Dutzend der bei Kindern beliebten Schneekugeln. Einmal kräftig schütteln, und man sah für 30 Sekunden eine Schneelandschaft. In diesem Fall: eine Marienstatue im Schnee, Josef mit Maria und dem Jesuskind, letztere auf einem Esel, also die Flucht nach Ägypten. Die Motive wiederholten sich, die Kugelgrößen variierten zwischen fünf cm im Durchmesser und riesigen Exemplaren mit mehr als 20 cm Durchmesser.

Isabell erschien mit einem größeren Tablett: Kaffee, Tassen, Teller, Brötchen.

„Setzen Sie sich! Wahrscheinlich kommt Ihnen einiges in diesem Zimmer seltsam vor. Aber das ist oder besser das war Onkel Willis Welt. Er war ein liebenswerter Spinner. Den anderen in der Familie war er manchmal peinlich, mir nie. Wo wären wir, wenn alle Welt normal wäre. Die normalen Menschen sind die gefährlichen, nicht die Spinner. Die sind harmlos. Sie hätten ihn einmal sehen sollen, wenn der Schnee in all seinen Kugeln tanzte. Dann war er glücklich."

Carmen hatte die Schneekugeln genauer untersucht und fragte: „Hat er Pilgerreisen unternommen? Hier steht Lourdes, Fatima, Santiago de Compostela, Kevelaer, Telgte."

„Eigentlich nicht. Er hat es einmal versucht – zu Fuß nach Santiago. Das machen viele, aber die gehen an der französisch-spanischen Grenze los. Onkel Willi startete in Greven. Er war ein sehr schmächtiger Mann, eine ‚halbe Portion', wie man sagt. Onkel Willi startete hier vor dem Haus früh morgens, er kam bis Sprakel. Dort hatte er bereits so viele Blasen an den Füßen, dass er nicht mehr weitergehen konnte. Meine Eltern mussten ihn wieder abholen."

„Das ist schon ein seltsames Verhalten", sagte Sandra. „Was hat er denn danach gemacht?"

„Er hat die gesamte Straße zum Friedensgebet eingeladen. Es ist natürlich niemand erschienen, das heißt Oma Schulte von nebenan war da. Die ist allerdings schon über 90 und einsam. Sie kam einmal – aus Langeweile."

„Hat er sich in letzter Zeit verändert?", fragte Carmen.

„Oh ja! Er wollte plötzlich für das Reich Gottes auf Erden kämpfen. Mit der Waffe in der Hand. Das hat keiner ernst genommen. Ehrlich gesagt, ich auch nicht. Ich glaube allerdings, dass das nicht auf seinem eigenen Mist gewachsen ist. Dahinter steckt diese Frau, die ihn in den letzten Wochen des Öfteren besucht hat, und die er auch besuchte."

Sandra zeigte Isabell ein Foto von Gertrud Rammler.

„Ja, das ist die Frau, die immer zu Onkel Willi kam. Ist das die Frau, die sich heute an seinem Grab umgebracht hat?"

„Ja. Kannst du dir vorstellen, wie sie es geschafft hat, dass er sich so veränderte?"

„Ja. Sex. Onkel Willi war mit 42 Jahren noch eine männliche Jungfrau. Für Onkel Willi war Sex eine unbekannte Welt."

Sandra sah Isabell erstaunt an. Isabell fuhr fort: „Jetzt stellen Sie sich nicht so an. Ich bin 16, ich weiß, wovon ich rede. Außerdem habe ich häufig eindeutige Geräusche aus Onkel Willis Zimmer gehört. Diese Dame hatte vielleicht ein etwas langweiliges Gesicht, aber eine sehr gute Figur. Auf jeden Fall fuhr Onkel Willi voll auf sie ab und sie konnte ihn manipulieren, wie sie wollte. Aber das habe ich erst nach diesem blödsinnigen Attentat begriffen. Nur da war es zu spät."

Sandra und Carmen hatten schon jeweils zwei Tassen Kaffee getrunken und auch der Brötchenberg war kleiner geworden.

„Aber warum hat sie sich dann getötet?", fragte Carmen.

„Diese Frau wusste, dass ich vieles weiß, die Spur hätte immer zu ihr geführt. Also hatte sie die Wahl, mich zu töten, oder sich selbst, was einfacher war."

Sandra und Carmen verabschiedeten sich. Das Rätsel um Willi Allmann war gelöst, die Beweggründe von Gertrud Rammler hingegen blieben völlig undurchsichtig.

„Sieh einmal auf die Uhr!", wechselte Carmen das Thema. „Es ist immer noch Mittwoch, aber es ist Abend geworden."

„Wir fahren jetzt zurück zur Dienststelle und sagen den Kollegen Tschüss. Morgen ist auch noch ein Tag", antwortete Sandra.

Am Donnerstagmorgen sahen Sandra und Carmen ihren Chef Gunnar Moormann in aller Herrgottsfrühe schon im Büro.

„Kaum lässt man euch alleine, schon hebt ihr ganze Waffenarsenale aus. Ich habe die Liste der gefundenen Waffen ausgedruckt. 15 reine Dekowaffen waren dabei. Der Rest ist voll funktionstüchtig. Bei einigen handelt es sich um sehr altertümliche Vorderlader, in ausgezeichnetem Zustand und ziemlich wertvoll. Für etwa 25 Waffen kann man die Munition heute noch kaufen, wenn man dazu berechtigt ist. Gertrud Rammler hatte keinen Waffenschein. Man muss sich fragen, wie sie zwei Dutzend waffenscheinpflichtige Gewehre erwerben konnte, ohne dazu die Berechtigung zu haben? Nimmt man die Munition für die Hinterlader, dann lagerte sie ungefähr 2.000 Schuss. Alles illegal.

Es gibt Vereine, in denen das Vorderladerschießen Tradition hat. Gertrud Rammler war in keinem dieser Vereine Mitglied. Sie ist in dieser Szene unbekannt. Und ohne gültigen Personalausweis schießt man auf keinem Schießstand. Wie verrückt war die Dame, dass sie Waffen sammelte, deren Benutzung besondere Kenntnisse erforderte?"

„He, Gunnar, so viel hast du in den letzten vier Wochen nicht geredet. Was ist los mit dir? Wir haben es noch früh am Morgen. Woher hast du die ganzen Informationen?"

„Solange ich noch hier bin, unterstütze ich euch natürlich. Übrigens, in meiner Schublade liegt eine Liste mit wichtigen Telefonnummern. Hinter jeder Nummer steht ein Hinweis, welche Informationen man dort bekommen kann. Und wie klappt es mit der weiblichen Unterstützung, Sandra?"

„Wie, du hattest deine Finger im Spiel?"

„Natürlich, noch bist du nicht aus meiner Obhut entlassen. Aber deine Kollegin war Lehrgangsbeste, und ich dachte, die Beste passt zur Besten."

„Das war jetzt aber genug Lobhudelei. Kannst du unseren Fall einmal aus deiner Sicht analysieren?"

„Im Prinzip habt ihr ihn gelöst. Auf jeden Fall den Teil, der den Anschlag auf Schulte Amdiek betrifft. Der Täter ist tot, die Anstifterin ebenfalls. Und nachträglich in die Psyche dieser Dame einzudringen, das ist nicht unsere Aufgabe, das übersteigt auch unsere Fähigkeiten.

Dann gibt es noch den Mord an diesen Enno. Die Sache ist dank eurer Arbeit geklärt. Was mit dem zweiten Amdiek-Bruder geschah, wissen wir nicht. Die ganze Sache wäre nie öffentlich geworden, wenn nicht ein Kita-Knabe namens Kevin neugierig gewesen wäre. Also freut euch, und legt eure Beine hoch."

„Gunnar, ich glaube nicht, dass wir am Ende unserer Ermittlungen angelangt sind. Ich spüre das", erwiderte Sandra. „Carmen, lass uns noch einmal zur Abbruchstelle von St. Josef fahren. Dort begann schließlich alles."

Die Kirche stand noch. Auf dem Turm drehte sich der Wetterhahn wie eh und je. Doch das Dach des Kirchenschiffes stand dort ohne Dachziegel. Die hatte man nach unten befördert, lagen dort aufgestapelt und warteten auf den Abtransport – zu einem Wertstoffhof. Das Holz des Dachstuhls ragte wie dürre Finger in den Himmel. Die Fotografentruppe war natürlich anwesend.

„Was wollen Sie eigentlich mit den Hunderten von Fotos und Filmen später machen?", fragte Sandra.

„Das ist Erinnerungskultur", erklärte einer der Knipser, wohl ohne zu wissen, was er da sagte.

„Wann rücken die Bagger an?", wollte sie nun wissen.

„Nach Plan nächste Woche, wohl zur Wochenmitte."

♥

Als Sandra am Abend auf dem Hof Amdiek ankam, begrüßte Bernadette sie mit glänzenden Augen: „Wir bekommen Besuch."

„Wer kommt denn?"

„Na, Jenny und Julia."

„Und wie sollen die beiden nach hierhin kommen?"

„Rick fährt einen Sportwagen, einen Zweisitzer, da ist nichts zu machen. Ich habe Papa gebeten, am Samstagmorgen mit mir nach Münster zu fahren, um die beiden abzuholen. Unser Wagen ist ja wohl groß genug. Und Samstagabend bringt er sie wieder zurück."

„Und was macht ihr den ganzen Tag?"

„Spazierengehen."

„Spazierengehen und Kühe zeigen? Das reicht nicht. Denk dir etwas aus."

„Hast du etwa Erfahrung mit Babys?"

„Ich war das älteste von vier Kindern. Als mein jüngster Bruder geboren wurde, war ich 16. Meine beiden letzten Geschwister waren meine ersten Kinder. Ich konnte es spielend lernen: Learning by doing. Für dich wird das schwieriger. Du kannst nichts abgucken. Aber du bist weder die Mutter noch die Schwester. Verlass dich auf deine Gefühle, und denk immer daran: Du bist erst 13. Du wolltest doch leben wie eine ganz normale 13-Jährige. Dann lade dir nicht die Probleme anderer auf. Hilf, wenn du willst. Aber nichts liegt in deiner Verantwortung. Für das, was vor 65 Jahren geschehen ist, trägst du keine Verantwortung. Du überforderst dich."

„Dann warten wir einfach ab, wie der Samstag verläuft."

Der Samstag verlief nach Ansicht von Bernadette äußerst angenehm. Vater und Tochter fuhren nach dem Frühstück nach Münster und holten Jenny und Julia ab.

Sandra hatte längst bemerkt, dass Bernadette diesen Besuch mit gewissen Hintergedanken betrieb. Sie, Sandra, sollte Appetit auf Babys bekommen, damit ihr, Bernadette, das Landleben erspart bliebe. Nun stellte sich heraus, dass sie, Sandra, durch ihre jüngeren Geschwister genügend Erfahrungen mit Babys gesammelt hatte. Aber Bernadette beruhigte sich schnell, schließlich ging es nicht um Erfahrungen sondern um Appetit.

Julia löste das Problem auf ihre Art: Sie lächelte, sofern man das Verziehen des Gesichts eines Babys als Lächeln bezeichnen kann. Auf jeden Fall war auf Hof Amdiek jeder glücklich. Als Jenny und Julia am Abend wieder zurückgebracht wurden, seufzte Sandra.

Der Rest des Wochenendes verlief sehr harmonisch. Irgendwann aber fragte Geert seine Tochter: „Bernadette, ich habe nicht ganz verstanden, welches Ziel du eigentlich verfolgt hast."

„Papa, du bist ein intelligenter Mann. Ich werde es dir nicht erklären, das ist nicht meine Aufgabe. Das wirst du selber feststellen."

♥

Mitte der folgenden Woche ging es dann St. Josef an den Kragen – mit schwerem Gerät. War es bis jetzt eher ein Piksen am Gemäuer, klopfte nun die Abrissbirne gewaltig an die Mauern. Die Trümmer wurden sofort auf große Kipper geladen und zwecks Zerkleinerung weggebracht. Wahrscheinlich würde St. Josef beim Straßenbau wieder Verwendung finden. So fanden Sandra und Carmen immer eine aufgeräumte Arbeitsstelle vor – natürlich nicht die eigene. An diesem Arbeitsplatz spielten sie nur die Beobachter-rolle.

Die Fotografen waren wie immer anwesend, als wollten sie jeden einzelnen Stein dokumentieren. Sie hatten sich abgesprochen, sodass immer vier oder fünf anwesend waren, von denen zwei fotografierten, die Übrigen waren dann die Ablösung.

„So können wir die zeitliche Abfolge besser nachvollziehen. Abends wird dann alles sofort auf dem PC gespeichert. Wir haben eine große Festplatte, drei TB. Das wird reichen."

Wahrscheinlich verstand nur die Knipsergruppe den Sinn der ausführlichen Dokumentation. Sandra und Carmen blieb der tiefere Sinn verborgen. Zufrieden konnten sie aber feststellen, dass es keine Reibereien zwischen Fotografen und Abbrucharbeitern gab.

Für die Mittagspause hatten die Bauarbeiter einen alten Back-ofenrost mitgebracht, dazu Würstchen aus dem nahegelegenen Supermarkt, nebst Ketchup und Brötchen. Sie grillten. Was sollte man auch machen bei typischem Oktoberwetter von über 25°C? Die Fotografen hatten gefragt, ob sie sich am Grillen beteiligen könnten, und so sah man mittags Bauarbeiter und Fotografen friedlich vereint um einen provisorischen Grill sitzen. Am dritten Tag saßen auch einige Asylbewerber aus der nahegelegenen Flüchtlingsunterkunft unter den Grillern. Natürlich mit eigenen Würstchen – ohne Schweinefleisch.

Nach einer Woche Abbrucharbeiten stand nur noch der Turm. Dieser Turm stellte ein Problem dar, hoch und direkt neben der Kita. Die Kita müsste für einen Tag geschlossen werden – oder besser noch: Ein erneuter Tagesausflug wurde geplant, mit Kevin und in der Hoffnung, dass dieser Knabe nicht noch ein Steinzeitgrab finden würde.

Sandra und Carmen hatten inzwischen alle kriminaltechnischen Untersuchungsergebnisse erhalten. Die Waffensammlung von Gertrud Rammler blieb beschlagnahmt. Die Herkunft der Waffen konnte nicht geklärt werden. Dass die Käufe illegal waren, galt als sicher, die Ankäufe waren wahrscheinlich über das Internet gelaufen, über das sogenannte Darknet. Gertrud Rammler besaß zwar einen Internet-Anschluss, aber keinen Computer, keinen Laptop. In der heutigen Zeit eigentlich ungewöhnlich. In der Wohnung war auf jeden Fall kein internetfähiges Gerät gefunden worden.

„Wir fahren noch einmal in die Wohnung", entschied Sandra.

„Mit Vergnügen, Chef!", pflichtete ihr Carmen bei.

Unterwegs fragte Carmen dann: „Jetzt erzähl einmal, wie lebt es sich als Großgrundbesitzersgattin?"

„Erstens, die Gattin lass einfach weg. Wie sich das entwickelt, kann ich nicht sagen. Wir verstehen uns sehr gut. Am Samstag saß ich nach Einweisung durch Bernadette auf dem Trekker: Maisernte. Das war nicht viel, die Trockenheit hat dem Mais ganz schön zu schaffen gemacht. Das Trekkerfahren habe ich ganz gut hinbekommen. Aber es gibt auch Dinge, an die ich mich erst gewöhnen muss. Diese kalbenden Charolaiskühe, die betreut werden müssen. Wenn das tagsüber geschieht, ist das in Ordnung. Aber nachts? Samstag waren wir in der Maisernte. Dann dachte ich an einen gemütlichen Abend. Doch zwei Kühe hatten etwas dagegen. Geert meinte, er könne das alleine schaffen. Doch um 23.00 Uhr brauchte er die Hilfe von Bernadette. Die Kühe wollten unbedingt gleichzeitig kalben. Ich bin dann mitgegangen. Um 3.00 Uhr lagen wir im Bett. Ich war völlig fertig. So gesehen ist das Leben auf dem Hof ganz schön anstrengend. Und das passiert jede Woche. Geert weiß genau, wann es bei den Kühen soweit ist. Er versucht sie dann in den Stall zu treiben. Aber das machen nicht alle Kühe mit. Sie wollen lieber in der Nähe der Herde bleiben. Wenn man Pech hat, schlägt man sich die halbe Nacht um die Ohren. Da lob ich mir die Galloways, die machen fast alles alleine."

Zehn Minuten später erreichten sie die Wohnung von Gertrud Rammler. Der Hausbesitzer war informiert worden. Er empfing sie mit der Frage: „Wer zahlt eigentlich die Miete? Die Wohnung ist ja noch gar nicht geräumt."

Sandra konnte ihn beruhigen: „Keine Angst! Es kommt zwar niemand an Frau Rammlers Geld ran, aber die laufenden Ausgaben wie zum Beispiel Miete, werden weiterhin abgebucht. Sie scheint keine Verwandten gehabt zu haben."

„Wir haben auf jeden Fall nie jemanden aus der Verwandtschaft gesehen", bestätigte der Vermieter.

Die Tür zur Wohnung war zwar versiegelt, aber nicht abgeschlossen. So war es leicht, in die Wohnung zu gelangen.

„Was suchen Sie eigentlich?", fragte der Vermieter. „Ihre Kollegen haben doch schon alles überprüft."

„Einen PC oder Laptop."

„Frau Rammler besaß einen Laptop. Das weiß ich genau, denn den Laptop schleppte sie immer mit sich herum."

„In der Wohnung wurde aber nichts gefunden."

Der Vermieter zuckte mit den Schultern. Darauf konnte auch er sich keinen Reim machen.

Sandra und Carmen suchten. Nach was suchten sie denn jetzt? Immerhin hatte der Vermieter einen Hinweis gegeben, Frau Rammler trug ihren Laptop immer mit sich herum. Das heißt auch, dass sie ihn überall hätte deponieren können. Doch sie hatte keine Bekannten – außer Willi Allmann – und bei dem hatten sie nichts gefunden. Außerdem war Willi Allmann wohl der Letzte, dem man Computerkenntnisse zugetraut hätte.

„Wir suchen keinen PC oder Laptop", erklärte Sandra, „denn solche Dinge hätten unsere Kollegen schon lange gefunden. Wir können aber davon ausgehen, dass Gertrud Rammler so etwas besaß. Wo hat sie es versteckt?"

„Vielleicht in einem Bankschließfach", meinte Carmen. „Immerhin gibt es Bankschließfächer, in denen man gut einen Laptop unterbringen kann."

Nach einer Stunde wollten sie schon aufgeben, als plötzlich ein leises Klirren zu hören war. Sie hatten im Schlafzimmer die Matratze des Bettes hochgehoben. Dabei war das Bett etwas verrutscht. Triumphierend hob Carmen einen kleinen Schlüssel hoch.

„Das haben wir gesucht", sagte sie. „Jetzt müssen wir nur noch herausfinden, zu welcher Bank der Schlüssel gehört."

Der Hausbesitzer war erschienen und schaute Carmen über die Schulter: „Oh, so einen Schlüssel habe ich auch. KSK."

„Danke, jetzt haben Sie uns geholfen und wir müssen nicht mehr lange suchen."

„Dann vorwärts, Carmen, wir haben ein neues Ziel."

Bei der Sparkasse kannte man Gertrud Rammler. Das wusste die Polizei schon, schließlich wusste man, wo sich das Konto befand. Dabei war allerdings nichts Ungewöhnliches aufgefallen. Jetzt, mit dem Schlüssel, konnte man zu neuen Erkenntnissen gelangen.

Im Schließfach von Gertrud Rammler befanden sich einige Schriftstücke und ein Laptop. Sandra konnte wegen des Attentats und des Selbstmords alles mitnehmen.

Der Laptop wurde sofort an die Spezialisten der KTU übergeben, die Schriftstücke mussten von Sandra uns Carmen persönlich gesichtet und ausgewertet werden.

Schon nach kurzer Zeit waren die beiden völlig genervt von dem, was sie dort lasen. Es handelte sich um Antworten auf Leserbriefe, die aber nie an die Zeitung geschickt worden waren. Es gab auch Schriftstücke, in denen die Position der Abrissbefürworter unterstützt wurde, aber ins Unsinnige überspitzt.

„Die Frau war verrückt, aber das ist meine persönliche Meinung", stellte Sandra fest. „Wir leiten diese Schriftstücke weiter. Damit müssen sich Psychiater oder Psychologen befassen, nicht wir."

♥

Das milde Oktoberwetter hielt an, die Abbrucharbeiten an der ehemaligen St. Josefkirche machten gute Fortschritte. Vom Kirchenschiff existierte nur noch die Bodenplatte. Der Turm stand noch, man konnte ihn nicht einfach abreißen – wegen der benachbarten Kita. Aber man hatte für die Abbrucharbeiten keine Anfänger engagiert. Man war auf die Idee gekommen, zuerst die Zwischendecken einzureißen, um dann die Außenmauern stückweise abzutragen und einfach in den Turm zu werfen. Nach den Berechnungen könnte man auf diese Weise Zweidrittel des Mauerwerks abreißen – ohne Gefahr für die Kita. Den Rest würde man sehr professionell erledigen: eine Wand einreißen und den Schutt beseitigen. Zum Schluss sollte die Bodenplatte aufgebrochen und abtransportiert werden. Ein guter Plan, doch war er auch aus der Theorie in die Praxis umsetzbar? Es dauerte etwas, schließlich war auf Turmhöhe Handarbeit gefragt, zwar nicht Hammer und Meißel, aber Bagger konnte man natürlich nicht auf 30 m Höhe hieven. Doch Ende Oktober erinnerte nur noch die Bodenplatte an den ehemaligen Kirchenbau. Der Bodenplatte versuchte man mit einem an den Bagger montierten Presslufthammer Herr zu werden. Diese Aktion war nun wirklich mit viel Lärm verbunden. Selbst die Kita-Kinder empfanden das als laut.

Auf dem Hof Amdiek lief alles seinen gewohnten Gang. Verdächtig häufig erschien allerdings gegen Abend Besuch. Die Nachbarn wollten die neue Nachbarin kennenlernen. Eines stellten sie sofort fest: Kaffee kochen, das konnte sie. Bernd Uppenborg lobte vor allem die kleine Aufmerksamkeit für die Männer, das Schnäpschen neben der Kaffeetasse. „Und dann noch Lagerkorn", lobte Öhm Bernd. „Lecker, lecker."

Bernadette erklärte die Situation aus ihrer Sicht: „Das war der erste Schritt. Die Nachbarn mögen dich, Sandra. So etwas ist wichtig auf dem Lande. Hier hilft man sich, wenn Not am Manne ist."

„Und was ist der zweite Schritt?"

„Der betrifft nur euch, mich nur indirekt."

Sandra atmete tief durch, Geert bekam fast rote Ohren.

„Den nächsten Schritt werden wir dir frühzeitig mitteilen", sagte Geert, an seine Tochter gewandt.

Sandra fühlte sich irgendwie von dem Druck befreit, jeden Tag den Fortschritt bei den Abbrucharbeiten von St. Josef begucken zu müssen.

Die Bodenplatte war fast komplett beseitigt, das Grillen war auf das Notwendigste reduziert worden, denn temperaturmäßig näherte er sich, der Herbst.

Einer Eingebung folgend, war Sandra in Begleitung von Carmen am letzten Montag im Oktober am späten Vormittag zur Baustelle gefahren. Der Baggerführer hatte gerade ein großes Stück der Bodenplatte angehoben. Es stand fast senkrecht, als es mit einem lauten Knall zurückfiel und zerbrach. Es war nicht einfach umgekippt, der Baggerführer hatte – unerklärlich für alle Zuschauer – seinen Bagger zurückgesetzt. Mit bleichem Gesicht verließ er sein Arbeitsgerät und ging auf Sandra zu. Diese kannte ihn vom mittäglichen Grillen. Die beiden Polizistinnen hatte man natürlich miteinbezogen. Wer lässt schon die Polizei verhungern?

„Frau Kampeter, ich habe unter dem zerbrochenen Trümmerstück etwas gesehen."

„Und was?"

„Eine Leiche. Ich meine das, was übrig bleibt, die Knochen."

„Ein Skelett?"

„Ja. Was mach ich jetzt?"

„Heben Sie bitte das Bruchstück noch einmal an, damit ich nachsehen kann."

Der Baggerführer tat, wie gewünscht, und Sandra konnte bestätigen, was dieser gesehen hatte. Sie machte einige Aufnahmen und gab anschließend dem Baggerführer ein Zeichen, das Bruchstück wieder abzulegen.

Carmen sah sie an. „Und?", fragte sie.

„Der zweite Amdiek-Bruder. Da bin ich sicher."

„Dann müssen wir wohl die notwendigen Maßnahmen einleiten."

Zehn Minuten später erschienen zwei Streifenwagen. Jetzt wurde die gesamte Arbeitsfläche mit Flatterband abgesperrt.

Sandra war zu den Fotografen gegangen: „Ich bitte Sie, jetzt keine Aufnahmen zu machen. Unter der Bodenplatte liegt ein Skelett. Nehmen Sie bitte Rücksicht auf den Menschen, der dort ruht."

Ohne zu murren, packten die Fotografen ihre Kameras ein und zogen sich ein Stück zurück. Bald erschien die Spusi und Sandra und Carmen konnten sich zurückziehen.

Nach einer Woche war alles geklärt und aufgeklärt. Bei dem gefundenen Skelett handelte es sich eindeutig um den verschwundenen zweiten Amdiek-Bruder. Die Todesursache konnte nie geklärt werden.

Die Tatsache, dass durch den Abriss von St. Josef ein Skelett gefunden wurde, löste eine neue Leserbriefflut aus. Allerdings völlig anders, als man hätte denken können.

„Hätte man die Kirche nicht abgerissen, wäre die Totenruhe nicht gestört worden."

Niemand stellte die Frage: „Wer liegt dort eigentlich? Oder: „Wer hat ihn dort beerdigt?"

Ihre letzte Ruhe fanden die beiden Amdiek-Brüder auf dem Friedhof an der Saerbecker Straße. Dort hatte die Familie Amdiek eine Gruft. Praktisch unter Ausschluss der Öffentlichkeit wurden dort die beiden Brüder neben ihrem dritten Bruder – im Tode vereint – beigesetzt, ganz gegen die Gewohnheit, abends bei Einbruch der Dämmerung. Sandra hatte den Pfarrer von St. Martinus um diesen Gefallen gebeten.

„Sie sind für mich fast bis in den Himmel geklettert, dann werde ich Ihnen diesen Wunsch nicht abschlagen können."

Informationen zum Autor und seinen Büchern
finden Sie unter www.claude-lerouge.de

Zeitfracht Medien GmbH
Ferdinand-Jühlke-Straße 7
99095 Erfurt, Deutschland
produktsicherheit@kolibri360.de